集英社文庫

鞭《ひび》・別《わか》れの稼《か》業《ぎょう》

北方謙三

JN285932

集英社版

鞁《ひび》・別《わか》れの稼業《かぎょう》——目次

この作品は一九九八年九月、集英社より「鞦」として刊行されました。

皸《ひび》・別《わか》れの稼業《かぎょう》

第一章　フローティング

1

人が出入りしていた。

ひっそりとした平屋の一戸建には、似つかわしくない人の数である。

全員が喪服を着ていることに、私はすぐに気づいた。私の革ジャンパーは黒で、色そのものは喪服に紛《まぎ》れてはいるが、やはり場違いな恰好《かっこう》であることに変りなかった。

家のたたずまいから見ると人は多いが、通夜《つや》の客としてはひどく少ない。時折、人が入り、出ていく程度だ。

依頼人が死んだ、ということを考えないわけにはいかなかった。しかし、一週間前には私と電話で話した。いまにも死んでしまうという声ではなかった。ただ脚が悪くて自宅を出られず、自宅に私が来るのもまずいということを、くどくどと説明された。だから同居人がいるのかもしれず、死んだのはそちらの方とも考えられた。

読経《どきょう》が外の道まで聞えてくる。私は、枝が伸びてほとんど垣根《かきね》の体裁《ていさい》をなしていない生《いけ》垣《がき》のそばで、読経が終るのを待つことにした。読経は、ほどなく終った。その間、近所の人間らしい弔問客《ちょうもんきゃく》が三人入っていっただけだった。

「亡くなったのは、三田弥生《みたやよい》さんですか？」

出てきた中年の男に、私は声をかけた。

「そうだけど」

男は、私の風体《ふうてい》を確かめるように、革ジャンパーから足もとにまで視線を這《は》わせた。

「御遺族の方は？」

「あなたは？」

「三田弥生さんに頼まれていたことがあって、その話をするために来たんですがね」

「いつ？」

「ちょうど一週間前です」

「五日前に、三田さんは亡くなってるよ。警察の話じゃ、五日前だそうだ。警察といっても、事件じゃない。発見されたのが、きのうでね。検屍《けんし》というのをするらしいんだ。病死だそうだよ」

「それで、遺族の方は？」

「近所じゃ、誰《だれ》も知りはしない。旦那《だんな》は四年ばかり前に姿を消してしまったしね。警察が、甥《おい》という人に連絡をしたよ。その人が、ひとりで来てる」

「ほかには？」

「ひとりだけだね。やけに機嫌《きげん》がいいよ。そりゃそうだろうね。こんな家だが、五十坪《つぼ》の土地はかなりの遺産だ」

「その甥という人が、相続人なんですか？」

「だって、ただひとりの係累《けいるい》なんだから。二十年も会ってないそうだけど」

ほとんど、他人と同じだった。愛情のかけらもないだろう。死ぬ時に、散々手間をかけさせられることもなかった。気分としては、宝クジに当ったようなものかもしれない。

坊主が、そそくさと帰っていった。

通夜の客は、まだ数人残っているようだが、家の中はひっそりとしていた。私は、開いたままのドアから声をかけた。出てきたのは、三十歳ぐらいの、物腰のやわらかな男だった。スポーツでもやっているらしく、浅黒く陽焼《ひや》けしていた。

「浅生《あそう》って者《もん》ですがね。三田弥生さんに頼まれていたことがなかなかうまく運ばなくて、どうしようか相談に来たんですよ。そうしたら、こんなことになっていて」

「伯母《おば》のお知り合いですか？」

「知り合いというより、仕事を頼まれていましてね」

「仕事をお願いしたままだったんですか。それで、お支払いの方は？」

「いただいてますよ」

三田弥生からは、現金書留で五万が送られてきているだけだ。一応の着手金として、私は受け取った。脚の不自由な老婦人が、自分の代りに人ひとりを捜して、届け物をしてくれという依頼だったので、それほどの手間がかかるとは思っていなかった。一回で事足りたら、着手金が即ち報酬《ほうしゅう》と考えても不充分ではなかった。

しかし半日動いてみても、その人物は見つからなかったのだ。仕事を継続するためには、次の報酬が必要だった。連絡先としては電話番号も知らず、現金書留にあった住所だけが頼りだった。

「伯母は、浅生さんにどういう仕事を依頼したんでしょうか？」

「人を捜す仕事です」

「誰を？」

私は、男が三田弥生の代りに報酬を出せるかどうか、値踏みをした。私が捜さなければならないのは、三田勇之介《ゆうのすけ》という夫である。四年前から、別居しているのだという。もし夫が見つかれば、三田弥生の遺産はその夫のものになる。甥であるこの男が、積極的にそうするとは思えなかった。

「職業上の守秘義務というのがありましてね。誰を捜すことを依頼されたかは、申しあげられませんね」

男が、じっと私に眼を注いだ。問いかけるような、次の言葉を待つような、そういう眼だと私は思った。

「職業上の守秘義務というと、弁護士さんかなにかですか?」

「いえ、探偵です」

「ほう、探偵さんに関する法令なんかが、日本にありましたかね。守秘義務といったところで、ちょっとした仁義みたいなもんでしょう?」

「まあそうです。職業的倫理と申しますか」

「じゃ、もうやめてください。本人は亡くなってしまっているわけだし」

「だから、なおさら厄介《やっかい》なんですよ。捜すだけでなく、あるものを届けるようにも依頼されていますのでね」

「なにを?」

「封書ですよ」

それは現金書留とほとんど同時に、手紙入りで送られてきたものだった。

「もうすぐ、誰もいなくなりますから、それまで待っていただけませんか?」

男が言う。自分が思わせぶりな説明をしたことに、私は気づいていた。思わせぶりというやつが、金になることもある。探偵をはじめてから身についた、どうしようもないさもしさだった。

「じゃ、お焼香《しょうこう》だけでも」

私はかすかな自己嫌悪に駆《か》られながら、それでも靴を脱いであがりこんだ。

三田弥生の布を被《かぶ》せた棺《かん》の中に入っているようだった。ほかには、真新しい位牌《いはい》と焼香のための道具と、小さな写真が飾ってあるだけだった。若いころの写真らしく、三田弥生はとても六十四とは思えなかった。五十代の前半と言ってもおかしくない。

残っているのは、意地汚なく飲んでいる老人の客が三人だけで、仕出しの弁当や酒瓶《さかびん》が散らばっていた。酔った老人が、私と三田弥生の関係を訊《たず》ねてくる。遠縁の者です、とだけ私は答えた。

男が、余った酒瓶を集め、老人たちに持って帰るように勧めた。まるでそれを待っていたように、三人の老人は腰をあげた。

男が、私に名刺を差し出す。

「原田康治《はらだこうじ》さん」

「三田弥生は、おふくろの姉でね。おふくろの方が、先に亡くなったけど」

名前を聞いたことのない、商事会社の営業部員のようだった。原田は、コップと酒を持ってきて、私の前に置いた。

「明日の葬式も、ここで？」

「いや、火葬場でやります。坊さんも、そっちへ来てくれることになってるし」

「ほかに、親戚《しんせき》の方はおられないんですか？」

「三姉妹の、最後の生き残りだったんですよ。一番上の姉は、結婚していなくて、岡山の養護施設で亡くなったそうです。私の母が亡くなるずいぶん前のことですよ。母も三田弥生も葬式には行ったでしょうが」

「原田さんも、故人とはまったく付き合いがなかった？」

「四年前、おふくろが亡くなった時、葬式に来てくれました。その前に会ったのがいつだったのか、思い出せないぐらいですね。四年間は、年賀状のやり取りだけはしてましたけど、伯母って感じを持ったことも、一度もありませんよ」

「死に方だけでなく、人生も淋《さみ》しかったのかな」

「そうなんでしょうね」

原田が、私の前のコップに酒を注《つ》いだが、私は手をつけず、灰皿を引き寄せて煙草《たばこ》に火をつけた。

「伯母が依頼したことは、もうやめにしてくれませんか、浅生さん」

「なぜ？」

「亡くなったんですよ」

「実は、俺《おれ》もやめにして貰《もら》おうかと思って来たんですがね。三田さんが亡くなられたとなると、逆にそういうわけにもいかなくなった。依頼された事実が残ってるだけってことになりましたから」

三田勇之介の住民票を辿《たど》って、あるところまで行き着いた。それだけでも、五万円分の仕事は充分に果したと言っていい。行き着いた先に三田勇之介はいなかったが、それを捜し出すのは、住民票を辿るほど簡単な仕事ではなかった。新しい報酬を決めるか、調査をそこでやめてしまうかを相談するために、私はやってきたのだ。中止するとなると、預かっている封書も返さなければならない。

「なにか意味があるんですか、仕事を続けるということに」

「俺にとっての、意味ですがね。依頼されたことを守る。それを忘れたら、仕事の意味なんかなくなりますしね」

「わからないな」

原田は、コップの酒に手をのばした。

家の中に、二人しかいないという気がしなかった。私は、新しい線香に火をつけて立てた。通夜には線香を絶やさないようにする。どこかで聞いたことがあるような気がした。死後の世界を、信じたことはない。死者は、ただ死者だと思う。それでも、なんとなく線香に手がのびた。

「誰を捜しているのかも、封書の中身がなんなのかも、教えていただけないんですね」

「誰を捜してるかは、言ってもいいかな。聞込みでなにかがわかることだってあるし。つまりは、四年前にいなくなった三田勇之介氏を捜してくれと頼まれたんですよ」

「やはり、そうですか」

「勇之介氏と面識は？」

「ありませんね。おふくろの葬式には、伯母ひとりが来ましたし」

「なにがあって、四年前に出ていったんだろう」

「離婚したんじゃないんですか」

「してないな。住民票は三田勇之介のままで、故人は三田弥生でしょうが」

原田は、コップの酒を半分ほど一気に飲んだ。酒は弱い方ではないらしい。

「伯母は、いくらであなたを雇いました？」

「金額は、言えません」

「結局、あなたはなにもぼくに教えたくないんですね。三田弥生のただひとりの係累であるぼくに」

「三田勇之介を捜してる、とは教えたじゃないですか」

「やめてくださいよ、ほんとに。警察が調べたって、係累はぼくしか出てこなかったんですから。無駄《むだ》なことをやってる、とは思わないんですか？」

「探偵の仕事は、大抵《たいてい》無駄なものですよ。人間の心ってやつが無駄だと考えればね」

「ぼくにわかる言葉で喋《しゃべ》ってくれませんか、浅生さん。つまりは、伯母の遺志だというふうに、浅生さんは受け取ってるんですね」

「仕事を受けた時点で、一応の約束はできてた。依頼人が死んで、それが一応じゃなくなっちまったってことです」

私は、また煙草に火をつけた。

いくら思わせぶりを言っても、金にはなりそうもない。それなら、時間の無駄というものだった。私は多分、三田勇之介を捜すために、四、五日の時間は割《さ》くだろう。それで見つからなければ、封書は破棄《はき》してしまう。見つけたところで、三田勇之介に金を払って貰える筋合いではなかった。

つまらない仕事を引き受けたものだ。運も悪い。たった五万で、一週間以上の時間を食われる。

「俺は、これで」

私は腰をあげた。

「名刺はお持ちですか、浅生さん？」

「勿論《もちろん》。なにかトラブルがあったら、電話をください。三田弥生さんの件と別なら、相談には応じます。これでも、顧客の信用はありましてね」

言って、三田弥生はどこで私の電話番号を手に入れたのだろう、とふと思った。

電話帳だろう、と思うことにした。

半日の聞込みで、私は手がかりをひとつ摑《つか》んだ。

三田勇之介は、四年前から二年間、女と一緒に暮していた。家を出た理由もそれなのだろう、と私は見当をつけた。

長本圭子《ながもとけいこ》というその女を見つけるのは、それほど難しいことではなかった。住民票を辿るだけで、すぐに練馬区内にあるアパートの一室に行き着いた。

デパートの和服の売場かどこかに勤めているようで、帰宅時間は八時前後だと近所で聞込んだ。

2

まだ六時前だったので、私は車の中で時間を潰《つぶ》した。まどろみながら、今日一日の労働がどれぐらいの報酬に値するか、ぼんやりと考えていた。いくらに値しようと、払ってくれる人間はいない。

まったく、因果《いんが》な仕事を受けてしまったものだ。ただ、三田勇之介を見つけ出して預かっている封書を渡せば、いくらかの礼金が入る可能性がないとは言えない。

三田勇之介と弥生は、夫婦のままだった。ということになれば、住宅街の中にある家を相続する権利は、原田にではなく三田勇之介にあるはずだ。私が預かっている封書が、遺言状の類《たぐ》いのようなものなら、それはいっそう確実なものになるはずだ。

あの土地は、坪百万としても、五千万になる。それだけの金が転がりこんでくるとしたら、その知らせをもたらした人間に、二十万か三十万は分けてやろう、という気になるかもしれない。

一文にもならない仕事をしていると、そんな計算もしてみたくなる。ただ、昔一緒に暮していた女が見つかっただけで、三田勇之介は行方不明のままなのだ。最悪の場合は、行き倒れの、身許《みもと》不明屍体になっている可能性もある。

八時十分ほど前に、長本圭子の部屋の明りが点《つ》いた。

私は階段を昇り、二階の部屋の前に立った。

「長本さん？」

チャイムを押すと、中年の女が無警戒にドアを開け、顔を出した。

「三田勇之介氏のことで、ちょっと」

「あら、刑事さん？」

「いえ、知り合いの者ですが」

「ごめんなさい」

長本圭子が、不自然に白い歯を見せて笑った。

「あたしまた、どこかであの人が野垂死《のたれじに》でもしたのかと思ったわ」

「ということは、三田氏は野垂死をしても不思議ではない生活をしている、ということですか？」

「知らないわね。あの人がどんな生活をしてるのか。知りたいとも思わなくなったわ」

「もう会ってもおられない、ということですか？」

「冬は、ここにいたわよ。まるで冬眠するみたいにね。やっぱり、冬はつらいのよね、歳《とし》だし。それで、ここで冬眠するわけ。だから、冬になったらまたここへ帰ってきますよ」

私は、煙草をくわえた。灰皿がないので、火はつけなかった。

「どういう関係になるのかな、それは？」

「言っただけの関係よ」

「つまり、春と夏と秋は放浪の旅に出ていて、冬だけ戻ってくる、ということですか？」

「放浪の旅と言えば、そうかもしれないわね。あの人、街を旅してるんだわ」

「いいんですか、それで？」

「いいのよ。二年前から、そうなのよ。部屋に帰ってくるんで、前よりいいぐらいね。前は、別々にアパートを借りてたの。あの人、うちに風呂に入りに来るぐらいだったから」

どういう関係なのか、私にははっきりのみこめなかった。冬眠に戻ってくるだけというのは、考えれば羨《うらやま》しいような気分にもなってくる。

「それで、三田がどうかしたの？」

「捜してるんですよ」

「あたしに訊《き》いても、無理ね」

「用事がなにかも、気にならないんですか？」

「あの人に、大した用事があるわけはないの。そういうものを、切り離して暮そうとしている人だから。野垂死したら、あたしのところに知らせぐらいは届くようにしてるはずだけど、あたしにだって用事はないのよ」

「それじゃ、世捨人じゃないですか」

「それとも、ちょっと違うわね」

　女が笑い、ドアをちょっと大きく開けた。入れという仕草だと解釈して、私はノブを摑んで引き、玄関の三和土《たたき》に立った。

「死ぬまで、気ままに振舞《ふるま》うことを決めたのよ、あの人。あと何年と考えてるか知らないけど、そういう生き方をしようと決めちまったのね」

「それでも、たとえ細くてもあなたとは糸が繋《つな》がっているんでしょう」

「そうね。腐《くさ》れ縁だから。あたしが淋しがってるんじゃないかと、心配もしてるようだし。あたしが二十六の時から、ずっとあたしが淋しがることだけを気にしてたし」

　気づくと、長本圭子はブリキの灰皿を差し出していた。私は、ジッポで煙草に火をつけた。

「三田弥生さんが、亡くなられましてね」

「あら、そう」

「夫婦のままだった。俺は、三田弥生さんに生前に依頼されて、三田勇之介氏を捜してるんですよ」

「関係ないわね、あたしには」

「しかし、三田勇之介氏とは続いてるんでしょう？」

「三田と奥さんの関係は、終ってるの。もっと言ってしまえば、あたしとの関係も終ってる。三田の中じゃ、確実にそうね」

長本圭子は、私の吐く煙《けむり》にちょっと眼を細めた。六十にはなっていないだろう。二十六の時からと言えば、三田との関係は三十年以上ということか。

「わかりにくいですね、俺には。現に、三田弥生さんから、捜して届けものをしてくれという依頼を受けてるんですから」

「それは、三田弥生さんの問題で、あたしの問題じゃないわね。勿論、三田の問題でもない」

老けた女ではなかった。どこか、生き生きとしているという感じもある。肌はさすがに衰えているように見えるが、気持まで衰えているとは思えなかった。

「じゃ、長本さんは、三田勇之介氏と連絡する手段は持っていない、ということですね。それでも、冬にだけ帰ってきたら、部屋に入れてやるんですか？」

「信じられないでしょうけどね。また帰ってきたら、そうするわ」

「信じられないですね、ほんとに」

長本圭子が、ちょっと肩を竦《すく》めて笑った。私は、灰皿で煙草をもみ消した。

「三田氏に、かなりまとまった金が入ってくるかもしれない、という話だったら？」

「やっぱり、関係ないでしょうね。お金みたいなもんとは、最初に縁を切ったのよ、あの人」

「そうなんですか」

「あの人ね、六十二まで懸命に働いたわよ。それで、二人の女の生涯に、お金の心配がなくなったの。あたしはいま、デパートで働いてるけど、それは時間を持て余しているから。いま五十八だけどね。六十五になったら、熱海《あたみ》かどこかの、老人ホームの権利を買って入るつもりなの。それまでは、なんでもやって働くわ。六十五からは、趣味ひと筋ね。そうできるだけのことを、あの人はしてくれたわ。奥さんにも、同じだったはずよ」

「なるほどね。二人の女のために、ほぼ一生を使って働いたってことですか」

「一生という言い方は、間違いね。六十四になった時に、別の人生がはじまったという感じよ。誰にも止められない、あの人の人生がね」

「いま、六十八か。なにをやってきた人なんです？」

「そんなことも、知らないの？」

「なにしろ、依頼人が亡くなっていますんでね」

「それでも仕事をするというのは、律義《りちぎ》な人ね。三田勇之介は、大手の製鉄会社の技師だった人よ。六十二まで、そこを勤めあげたけど、夜は週三日別の仕事をしてたわ。塾の教師。中学生に、数学は教えられたみたいなの。どんなふうに教えてたかは、知らないけど、評判は悪くなかったみたいよ」

「つまり、昼も夜も働いてたってことですね」

「めずらしいことでもないでしょう。六十二で退職してからは、お習字の先生もはじめたのよ。それから、宛名《あてな》書《が》きのアルバイトとか。六十四で、ぴったりとそんなことをやめた」

「なにがあったんです？」

「自分が、六十四歳だって気づいただけのことよ」

長本圭子は、また肩を竦めて笑った。

あとは自分のために生きる、と決めたということか。それを、女二人は認めたのか。なんとなく、私は三田勇之介の人生を想像した。悪くないような気もするし、もっと別なものがあったのではないかとも思える。

「なにか、手がかりはありませんかね。俺は、故人から預かったものだから、絶対届けなきゃならない、という心境になってましてね。つまり、もうただ働きをしてるんです」

「同情してくれってわけね」

長本圭子が、ちょっと考えるような顔をした。

「船かな」

「船って？」

「ありとあらゆる船。池のボートから、海上の何万トンもの大型の船まで。あの人、船の絵を描《か》くって言ってた」

「絵を描くのが、いまの趣味ですか？」

「水彩よ。だけど週に一枚も描かないみたい。それから、詩も書いてる」

「やれやれ、船がテーマですか。漠然《ばくぜん》としすぎてるな。おまけに、詩人ときてる」

「海のそばの公園でも捜してみることね。どうせ、野宿同然の暮しをしてるわよ。冬にここへ帰ってきた時は、臭さが一週間抜けなかったもの。余計なお世話はしなかったけど、風呂にだけは入らせたのよ」

「なるほど。それで、三田勇之介氏の、最近の写真などお持ちではないですかね。故人から送られてきたのは、だいぶ前の写真のようで、スーツにネクタイ姿です」

「写真ね」

「必ず、お返ししますよ」

長本圭子が、奥へひっこんだ。しばらくして、サービスサイズの写真を一枚持ってきた。

セーター姿で、きちんとした恰好だが、三田弥生から送られてきたものより、ずっと歳をとっている。

「三年前の写真よ。あの人、ひと間だけのアパートを借りてて、それでもまだ一応はきれいな身なりをしていたわ」

「いまは、なんというか、浮浪者のような身なりをしているわけですか？」

「ようなじゃなく、浮浪者そのものね。もっとも、昔の浮浪者のイメージとはずいぶん違っていて、ホームレスってとこね。あの姿なら、まだコンビニなんかにも出入りはできると思うわ。もっとも、この間の冬のことよ。いまどうなってるかは、戻ってきた姿を見てみなくちゃわからないわね」

「写真、必ず返しますよ」

「別にいらない。捨ててしまっていいわ」

「もし三田勇之介氏を見つけたら、伝えたいことを伝えるぐらいはできます」

「なにも。戻ってこなければこないで、それもいいの。なにも気にしないのが、あの人にとって一番いいことよ」

頷《うなず》き、私は写真の礼を言った。

車に戻って、ルームランプの中で写真を眺《なが》め直したが、それ一枚の手がかりでどう捜せばいいか見当もつかなかった。

朝から、何万円分の労働をしただろう、と考えながら、私は車のエンジンをかけた。なんの報酬もないと思うと、それだけで疲れ果てた気分だった。

部屋へ帰ることにした。

運転しながら、船ということについて考え続けた。豪華客船に乗っているとは思えない。といって、漁師などもできるはずはない。

港のそばの公園と長本圭子は言ったが、それが一番ありそうなことかとも思えた。

部屋には、明りがついていた。令子《れいこ》が来ているようだ。この前は三日前だった。

私と令子の関係も気ままなものだが、私が令子の将来のために金を蓄えるなどということはなかった。令子が二、三日に一度私の部屋にやってくるという関係は、まだしばらく続きそうだが、ある日姿を見せなくなっても、私はそれほど気にしないだろう。

しかし、私と三田勇之介の女への対し方は、やはりまるで違う。

「疲れきって帰ってきた、という感じね。めずらしいんじゃない」

令子はもう風呂を使ったようだった。ダイニングのテーブルには、食事が用意されている。

疲れるようなことを、やったわけではなかった。報酬が入らないと思いながら働いていることが、私を疲れきって見せているのかもしれない。

「男と女か」

「仕事、また恋愛関係なの？」

「恋愛というより、男と女だな」

「恋愛と、どう違うのよ。もうちょっと、セックスだけに限られたりするわけ?」

「そっちでもない。男の人生にとって、女はなにか。女の人生にとって、男は」

「哲学みたいな仕事ね」

令子が、肉を焼きはじめた。

私はシャワーだけ使い、腰にバスタオルを巻いた恰好で出てくると、冷蔵庫の缶ビールを呷《あお》った。

令子の作った食事。一緒にいる間は、夫婦のようなものだと思う。三日に一度の夫婦というわけだ。令子の姿がないと、私は意識することもなく、独身の気分に戻っている。

「瓶のビールが冷蔵庫で冷えてるんだから、そっちにしたらいいのに」

「缶ビールが好きさ、こんな心境の時は」

「どんな？」

「熱心に仕事をしなくてもいい状況なのに、気持だけが動いてしまう。つまり、依頼人が亡くなっていてね」

「そうなの。そういうことって、もしかするとはじめてじゃない？」

「俺に仕事を依頼した三日後には、死んじまったらしい」

「仕事の結果を報告できる相手が、いなくなってしまったわけね」

「そういうことだ」

私は、ビールを飲み干し、缶を手の中で握り潰した。

3

考えに考えた。

もともと私は動きながら考えるタイプだが、今度だけは、動いている間は無報酬ということが頭に浮かんで、それだけで疲れてしまうことがわかったからだ。じっとして考えているだけなら、仕事をしている実感は持たなくて済むのだった。

船と、絵と、詩。それから長く勤めた製鉄所。ホームレスが過しやすい場所。私の中で、三田勇之介の姿が、次第にはっきりしてきた。酒は飲むのだろうか、と私はちょっと考えた。いつもポケット瓶をどこかにしのばせていて、チビチビとやっている男というのが、ぴったりくる。

仕事の依頼が、二つ入った。

ひとつは、明らかに被害妄想《もうそう》とわかる喋り方で、忙しいと言って断った。夕方かかってきた女の電話は、ちょっと気になった。

いなくなったルーム・メイトを、捜してくれという依頼だった。いなくなる理由は思い浮かばないし、そういう気配を感じたこともない、ということを切迫したような口調で説明した。勤め先も、無断で四日休んでいるという。

明日の午前中に会おう、と私は答えた。

その夜は一歩も外へ出ず、部屋に置いてある地図の類いを見ていた。東京近郊で、海のそばのあたりを、入念に検討した。

当たりは、いくつかつけた。幸い、それほど昔のものではない写真もある。聞込みからはじめようと思った。

酒を、少し飲んだ。やりかけの仕事を片付けることに違いなかったが、三田勇之介と会いたいという気分がどこからか滲《にじ》み出していることにも、私は気づいた。

朝になると、私は日課のトレーニングをこなした。探偵稼業《かぎょう》は、躰《からだ》が資本だと、いつも自分に言い聞かせている。一発殴《なぐ》られていくら、という仕事もないわけではないのだ。

シャワーを使うと、私は革ジャンパーを着こんで出かけた。私のビートルは、このところエンジンのかかりが悪い。プラグに煤《すす》が溜《たま》っているか、ピストンリングが摩耗《まもう》してしまっているか。いずれにせよ、どこがいかれてもおかしくない老いぼれだった。それでも、宥《なだ》めるようにしてセルを回していると、いやいや動きはじめる。

最初に、新しい依頼人になるかもしれない女と会った。

指定された喫茶店は、青山通りから墓地の方へ少し入ったところにあった。まだ若いシヨートヘアの女で、スーツをきっちりと着こんでいた。背が高い。百七十センチはありそうだ。そして、充分に美人の部類に入った。

コーヒーを飲みながら、話を聞いた。私は、時々質問するだけで、ほとんど喋らなかった。話の辻褄《つじつま》は合っている。内容も深刻だった。ただ、どうしても理解できないことが、ひとつだけあった。なぜ、警察に頼まずに、私に依頼するかということだ。

「ほんとのことを喋ってくれなきゃ、捜せませんよ」

私が言うと、女の表情が強張《こわば》った。はじめから緊張はしている様子だったが、はっきり歪《ゆが》んだという感じになった。

「ほんとのこと、話してます」

「じゃ、探偵の出る幕じゃないな。行方不明事件なんだから、まず警察に捜索願を出すべきですよ。そうできない事情があるなら、その事情も喋って貰わなくちゃならない」

「捜してくれ、だけじゃいけないんですか？」

「それで、仕事を受ける場合もありますが、この件はどうもね」

女の話は、ある部分だけが具体的すぎるのだ。そのくせ、いなくなったということについては、あっさりした言い方だった。

おかしな匂《にお》いがする。こういう場合は、自分のカンを信じることにしていた。依頼人の方がその気になれば、二度でも三度でも連絡をしてくる。それを待てばいいのだ。

「どうしても、捜して貰いたいんです、すぐに」

「じゃ、ほかへ依頼してください。俺はひとりだし、時間がかかりますよ。組織として動いてるところの方が、適当でしょう」

「でも、浅生さんがいい、と言った人がいます。とてもいいって」

「どなたです？」

「それは、言えませんけど」

「俺はいま、仕事を抱えてましてね。そいつを片付けたら、もう一度話を聞くというのは構いませんよ。いまみたいな話じゃ困りますが」

「急ぐんです」

私は腰をあげた。女が、もう一度急ぐんです、と言った。コーヒー代は当然女に任せることにして、私は軽く手を振った。

それ以上、女はしつこく追ってこようとしなかった。

私は老いぼれのビートルを第三京浜に入れると、横浜にむかって走った。いろいろなことを考え合わせて、横浜という地名が浮かんできたのだ。確証はひとつもない。何年かの探偵稼業で養ったカンを、試すような気分だった。考えられることのすべてを考えた上で、働かせるカン。

横浜に入ると、私は眼をつけていた場所を、何カ所か聞込んで回った。まず、日雇《ひやとい》を集める場所。肉体労働ばかりだから、六十八の三田にこなせるとは思わなかった。

夕方までかけて、日雇連中が使う簡易宿泊所を調べて歩いたが、なんの手がかりも出なかった。

三田が、それほど金を持っているはずはなかった。かといって、野宿同然の生活もできるとは思えない。

「路上のダンボールじゃ、時々狩り込みで追っ払われるからよ」

公園で、紙袋に入れた酒を飲んでいた男が、そう言った。

「公園でも、駄目《だめ》かね？」

「公園の方が、ポリスの巡回は厳しいよ。住みつかれると困る、と思ってるのさ。ガード下なんかじゃ、なかなか住みつけないが、公園にはパブリックスペースという感じがある。明るいうちに昼寝していても、文句は言えないわけだし」

ホームレスの連中の中で、人を捜し回った経験が何度かある。面白《おもしろ》い人間が多かった。私より、ずっと教養がある男がいたりするのだ。しかもその教養を剝《む》き出しにするのではなく、ふとした時に覗《のぞ》かせる。

「年寄りは、屋根がないと厳しいだろうな」

「そりゃな。冬なんかたまらんよ」

「簡易宿泊所より、安く泊れる場所なんてあるのかな？」

「あるね。月に三千円。もっとも、その金を取ってるやつが、そのホテルの安全性を保障してるわけじゃないがね。権利があると自分で言い張ってるが、実際のところは図々しいだけさ。ただ、三千円払わなきゃ、トラブルにはなる」

「そんなホテル、聞いたことないな」

「知らないか、フローティング・ホテル」

「フローティング？」

「浮いてるのさ、運河に。俺は駄目だね。運河といっても、ちょっとは揺れる。酔っちまうんだよ」

「どのあたりにあるんだい、それ？」

「どこでも。使ってないダルマ船なんかが、ホテルになってるのさ」

男が何歳ぐらいなのか、よくわからなかった。垢《あか》と皺《しわ》が微妙《びみよう》に入り混じって、男の顔は日本人離れして見えた。

「スケッチブックを持ち歩いて、時々絵を描いている老人の話、聞いたことないか？」

「悪いね、ないよ。その人、放浪の画伯《がはく》かなにかかね？」

「詩も書くんだそうだ」

「詩人にして画家か。俺は、ただの酔っ払いだ。あまり動き回りもしないし」

私は、酒屋で買ってきておいたウイスキーの瓶を、男に差し出した。安売店のスコッチで、名の通った銘柄《めいがら》だった。三千円はしなかった。

「いいのかね。こんな高級品、久しぶりだ」

「構わないさ。そろそろ夜は冷えるだろうし」

男が笑った。ただ顔の陰翳《いんえい》が深くなっただけのように、私には思えた。

車に戻ると、私は地図を検討し直した。すでに、周囲は暗くなりはじめている。運河のそばを走りはじめて、それが好都合であることに気づいた。

ところどころ、運河に放置されたダルマ船から、淡《あわ》い明りが洩《も》れている。海から遠い運河の方にそれは多かった。明りは電気ではなく、ロウソクかカンテラの類いだろう。船には、タラップよろしく渡り板がかけてある。

男がひとり、渡り板を渡って、路上にあがってくるのが見えた。

公園で会った男より、いくらか身綺麗《みぎれい》だった。車から降りてきた私を見て、すぐに顔を伏《ふ》せ、運河の方に躰をむけた。

「教えて貰いたいことがあるんだけど。ウイスキー一本で、教えてくれないか?」

ウイスキーと聞いて、男がゆっくりと私の方に眼をむけた。私は、スコッチの瓶をちょっと持ちあげて見せた。

「なんだね?」

「こういう人、フローティング・ホテルにいないかな?」

私は、三田勇之介の写真を出した。男はしばらく見入っていた。

「知らないよ」

「じゃ、フローティングを仕切ってる男が誰なのか、教えてくれないか？」

「黄金町《こがねちょう》の『タツミ』って食堂で、いつも十二時に昼めしを食ってる、瀬川《せがわ》って男さ。だけど、ただじゃ教えてくれないよ」

私は頷き、男にスコッチの瓶を渡した。

必要経費を認めてくれる依頼人はいない。持ち出しというやつだ。明日瀬川という男に会ったら、持ち出しはもっと増えるだろう。憂鬱《ゆううつ》になる話だった。

男は礼を言い、大事そうにウイスキーの瓶を抱くと、どこかに消えた。

ぐったりと疲れていた。五万円のうち、一割以上はウイスキー代に使った。ガソリン代もある。

私は、部屋へ帰って眠ることにした。

4

土曜日だった。

私は、いつもの通り、三十分ほど外を走った。ダッシュも入れる。それから公園で、筋力強化のトレーニングをやった。腕立伏《うでたてふせ》を百回やって立ちあがった時、いきなり背後に気《け》配《はい》を感じた。とっさに、私は前に転がるように倒れこんでいた。後頭部に風だけを感じた。

立ちあがり、むき直る。

「おまえ」

原田康治だった。五十センチほどの、鉄パイプを握っている。

「なんの真似《まね》だ」

「伯母からの預かり物を、返して貰いたい」

「ふうん」

「力ずくでも取るが、そうしたからって、あんたに得なことはなにもないだろう。大人しく渡すなら、十万ぐらいは払ってもいい」

「やっぱり、三田弥生の遺言状だとでも思ってるのか。あの家と土地は、夫の勇之介に渡します、と書いてあると思ってるな」

「なにが書いてあろうといい。遺族として返して貰う権利はあるはずだ」

「勝手な理屈をこねるなよ。なんとなくわかってきたぞ。きのう、女を寄越しておかしな依頼をさせようとしたのも、おまえだな」

「なあ、浅生さん。伯母は、離婚したも同然だった。四年も前にいなくなっちまった亭主を、なんでいまごろになって捜し出さなきゃいけないんだ」

「おまえみたいに、一度しか会ったことがないやつが、なんだって遺産を貰えるんだ」

原田が、いきなり鉄パイプを振り降ろしてきた。殺気が籠《こも》っている。まともに急所を打たれると、殺されかねない。

私はサイドステップを踏んで、原田の攻撃をかわした。原田は、もう荒い息遣《いきづか》いをしている。横から飛んできた鉄パイプが鼻さきをかすめた時、私は踏み出していた。躰を寄せた。膝《ひざ》を突きあげる。原田の吐息《といき》が顔にかかった。肘《ひじ》で弾《はじ》き飛ばした時、原田はもう鉄パイプを放していた。仰《あお》むけに倒れた原田が、跳ね起きようとする。腹の真中《まんなか》を、私は体重を乗せて蹴《け》りあげた。

原田は、立ちあがれなかった。

「素人《しろうと》が、馴《な》れないことをするんじゃねえよ。おまけに、会社が休みの土曜日に来るとはね。とにかく、仕事は最後までやるのが俺の主義だ。今日、三田勇之介は見つかるかもしれない。封書の中身がなにかは、その時になりゃわかる」

私は、煙草に火をつけた。トレーニングの時も、煙草はポケットに放りこんでいる。私は運動選手ではないからだ。くわえ煙草を吐き出して、突っ走らなければならない時もある。

原田が、弱々しく躰を動かした。

「立てよ。ちょうどいい。おまえ、今日俺に付き合え」

原田はなにも言わず、上体だけ動かした。ひどく気分が悪そうな表情をしている。

シャワーを省略し、部屋へ戻って着替えると、私はすぐに車を出した。横浜に近づくまで、原田はなにも喋ろうとしなかった。

「あの女は、おまえの恋人か、原田？」

「婚約者だよ」

「おまえ、そんなに遺産が心配か。せっかく転がりこんでくる五千万円だもんな」

「家を、建てられる。この歳で、いくらか借金すりゃ、一戸建の家を持てる。サラリーマンにとって、それがどんなことだか、あんたわかるか」

「まあ、諦《あきら》めなよ。多分、三田勇之介は見つかる。あの家は、もともと三田のもんさ。おまえにゃ、なんの権利もない」

「葬式に、金がかかった。それは、出して貰えるだろうか？」

「俺の知ったことか。おまえが交渉しろ。まあ、三田もいやとは言わんさ。捨てた女房にやったものが、返ってくるってことだから」

原田が、また黙りこんだ。

黄金町のそばの路肩に車を駐《と》め、私は原田を促して歩きはじめた。正午まで、まだ十分ほどある。『タツミ』という食堂は、すぐに見つかった。三人の男が、カウンターでめしを食っていた。

「瀬川さん」

言うと、中年の男が顔をむけてきた。丼《どんぶり》を片手に持ったままだ。瀬川のそばの椅子《いす》に腰を降ろし、私はビールを頼んだ。

「フローティング・ホテルに、こういう人がいるはずなんだけどな」

私が差し出した写真を、瀬川はじっと見ていた。私は二つのコップにビールを注ぎ、ひとつを原田に渡した。

瀬川が、にやりと笑った。

「いくら出す？」

「一万円」

言って、私はビールを呷った。原田はコップに手を出さない。

「笑わせるな。いま時、一万なんてよ。どうせなにか事情があるんだろうが。それが、ひと言で片付くんだぜ」

「大した事情はない。一万円の経費は、最初から決まってることでね。あんたに全部注ぎこむ。でなけりゃ、俺たちは歩き回らなきゃならないってだけの話だ。見つからなくても、一万円返せば」

「わかったよ」

瀬川は、途中で私を遮《さえぎ》り、片手を出した。私は、原田の方へ顔をむけた。出せ、と眼で促す。私はもう、充分に持ち出しなのだ。

戸惑《とまど》ったような表情をし、それから原田は財布を出した。一万円札が四枚は入っているのが見えた。

「西之橋から海寄りの四隻《せき》目のダルマ船」

渡された札を掌で握りこむと、瀬川はそう言った。私は二杯目のビールをのどに流しこみ、さらに腰をあげながら三杯目を注ぎ、立って飲み干した。

西之橋は、すぐにわかった。

四隻目のダルマ船。老人がひとり、甲板に寝そべっている。晴れた穏やかな日であることに、私ははじめて気づいた。渡り板を渡っていっても、老人は躰を起こそうとしない。

「なにを見てるんですか、三田さん？」

「空気を」

「見えるんですか？」

「ああ。空気がありがたいなんて、人間はなかなか思えない。寝そべってると、空じゃなく、その空気が見えるんだよ」

「絵は、描かないんですか？」

「いま、空気を描けないかどうか、考えていたところさ」

「詩にすればいいかもしれないな」

「絵に描ければ、詩にもできる」

三田は、セーターの上に上着を着ていた。ひどくくたびれてはいるが、思ったほど汚なくはなかった。

「奥さん、亡くなられましてね」

「そうか。だが、四年前に別れた。もう無縁だよ。そう言えば、離婚届にはどうしても判をくれなかったが」

「だから、まだ正式な夫婦なんです」

三田が、低い声をあげて笑った。

「家が残ってますよ。それは、あなたのものです。金にすりゃ、五千万からになる」

「無縁だと言ったろう。せっかくこういう生活ができるようになったのに、なぜまた金に心を奪われなきゃならないんだ」

二人の女にまともな暮しをさせるために、金にこだわり続けて生きてきたのだろうか、と私は思った。そしていま、それから解放されている。しかし、ほんとうに解放されるなどということが、人間にあるのか。

「あんた、冬には長本圭子さんのところへ転がりこむんでしょう？」

「あそこも、船だ。ここより、ちょっと居心地《いごこち》は悪いが」

「居心地、いいんですか、ここは」

「いいね。とにかく、誰が死のうと、私には無縁だ。私が死んでも、誰にも無縁だ。この世に、私がいるとは思わないでくれ」

「いいんですか、それで」

「それが、いいんだ」

私は、煙草に火をつけ、そばに腰を降ろしている原田に眼をやった。

「三田弥生さんから、あんたに届けてくれと預かりものをしてるんですが」

「捨ててくれ」

三田は、相変らず寝そべったままだった。もう私たちに時間を割かれたくはないという意志が、露骨《ろこつ》ではないがはっきりと感じられた。

「行こうか」

私が言うと、原田はなにか言いたそうに口もとだけ動かした。それでも、私に続いて腰をあげた。

渡り板で、道路に戻った。

三田は、穏やかな陽ざしの中で、甲板に寝そべったままだった。

ダルマ船の中には、わずかな所帯道具があるようだった。なんとなく羨しいような気分に包まれながら、私はそれを覗きこみ、それから踵《きびす》を返した。

車に戻ると、私は内ポケットから三田弥生に託された封書を出した。原田に手渡す。

「開けてみろよ」

「いいんですか？」

「俺としちゃ、もう捨てるしかないもんだし、遺族のおまえにゃ開ける権利はある」

原田は、しばらく封書を見つめていたが、決心したように封を切った。

「なんだ、これは」

原田が言う。私は覗きこんだ。離婚届の用紙だった。三田弥生の欄《らん》には、署名捺印《なついん》がしてある。

「なんなんでしょうね」

「紙っきれさ、ただの」

意味など、あまり深くは考えない方がよさそうだった。

「浮いてるんだな、あの人。世間の上に、ぷっかりと浮いてる」

「わかりません、ぼくには」

「わかりゃわかったで、危《やば》いことになる。俺は、そう思うね。とにかく、俺の仕事は終った。これで、無関係だ」

「しかし」

「三田勇之介は、行方不明のままだ」

私はエンジンをかけた。

頭の中で、経費の計算をしていた。報酬という点では、ひどい仕事になった。こういうこともある。

呟《つぶや》いて、私は車を出した。

第二章 稼業

1

公園にいたのは、私だけではなかった。始発電車でも待っているのか、少年が五人ほどなんとなくという感じでたむろしていた。街灯が三つあり、その下だけがぼんやりと明るい。二人でホテルに入った。見張るのには絶好の場所で、少年たちを気にしている場合ではなかった。

九時に喫茶店で逢《あ》い、十二時過ぎまで酒を飲み、タクシーでこのホテル街まで来た。私の仕事は、女の身許《みもと》を確かめることだった。ホテルを出て、男と別れてからが勝負というところだ。出てくる時間も、ほぼ見当がついている。四時には世田谷区にある自宅に戻るというから、三時過ぎには出てくると考えた方がよかった。

依頼人は、男の妻である。毎週火曜日に浮気をしているのはわかっていて、その相手を知りたいというのが依頼の内容だった。男はなにか理由をつけて、火曜日には明け方帰宅しているのだろう。間抜けと言えばそれまでだが、私のめしのたねにはなっている。

ホテルから出て男と別れた女を尾行《つけ》る。住んでいる場所と名前を確かめれば、それで仕事は終りだった。経費こみで五万になる。自分の古いビートルを持ってきているので、経費などわずかなガソリン代だけだった。

プライドというものはないのか、と尾行がばれた時に女に言われたことがある。その時の対象は、酒場のホステスだった。何度か尾行をされた経験があるに違いなかった。それが見抜けず、お座なりな尾行をしてしまったのだ。

あるよ、とあの時は答えた。最低ね、という言葉が追ってきた。それから、女は私に金を握らせようとした。プライドがあり、自分では自分を最低と思ってはいないから、その金は受け取れない、と私は言った。

どうでもいいことだが、私はしばしばあの時のことを、かすかな恥辱《ちじょく》とともに思い出す。

二時を回ったころから、私は道路近くの銀杏《いちょう》の木の幹のかげに移動した。タクシーで乗りつけてくる客はいるが、さすがに歩いてここまで来る男女はいない。

煙草《たばこ》を、三本ほど喫《す》った。公園の少年たちは、声をあげて騒ぐでもなかった。私のことは気にしているようだ。

「火、貸してくれねえか？」

ひとりが近づいてきた。うるさいので、私はジッポの火を出してやった。少年は私に眼をくれ、やけにゆっくりした仕草で煙草を近づけた。

「なにしてんだよ。こんなとこで、こんな時間に？」

「子供にゃわからない、大人の仕事もある」

「へえ、子供だってのかよ。おい、子供だってよ、俺《おれ》たち」

少年がふりむいて言った。少年たちが、銀杏のまわりに集まってきた。

「子供に煙草の火なんて貸して、あんたいいと思ってるわけ」

「貸してくれと言ったからさ」

いやな予感がした。はじめからトラブルを望んでいて、きっかけを待っていただけだと、なんとなくわかってきた。

「あっちへ行ってくれよ。俺はひとりでいたくて、ここに来てるんだ」

「アベック覗《のぞ》きだ、こいつ。俺たちがいるんでアベックが入ってこない。それでイライラしてやがったんだ」

苛立《いらだ》っているように見えたのだろうか、と私は思った。浮気相手の女を確かめる。それだけの仕事が、割りのいいものではなく、つまらないものだと感じてしまっていたのだろうか。

「なんとか言えよ、おっさん。もう二時間以上、ここにいるんだぜ、あんた」

「おまえらもな」

「俺たち、仲間で集まってるのさ」

「いいか。ひとりでいるか仲間と一緒にいるかの違いだけなんだ。それだけで、俺と君らは同じようなもんさ」

タクシー代の節約のために公園で時間を潰《つぶ》している、と私は言ったつもりだった。

「おい、俺たちも覗きをしてるってよ」

うんざりしてきた。対象が出てくることも考えられる。ここで逃がしてしまえば、ひと晩の尾行がすべて無駄になる。

「もう行けよ」

「俺たち、ここへ来たくて来てんだ。あんたに言われる筋合《すじあ》いじゃねえんだな。あんたが、ここを出ていきなよ」

「わかった。出ていくよ」

本格的なトラブルは、避けた方がいい。道路からでも、発見される危険は高くなるが尾行は不可能ではないのだ。

「待てよ。払うもの払ってから、出ていきなよ。この時間、公園は俺たちが仕切っていて、入場料を貰《もら》うことになってるの」

つまりは、たかりというやつだ。狙《ねら》いをつけられるほど、私は彼らに不要心だったらしい。

「怪我《けが》するぞ」

私が言うと、ひとりが横から蹴《け》りつけてきた。手を出したくて仕方がなかった、という感じだ。

火を借りに来た男にむかって、私は一歩踏み出し、次の瞬間、前蹴りと正拳《せいけん》を同時に放っていた。仰《あお》むけに倒れた男が頭を持ちあげる前に、もう一度ボディを蹴りつけ、それから態勢を低くして身構えた。

左右から、同時に来た。ひとりを腰に跳ねあげ、私は走りはじめた。意外なほど連中は速く、連携がとれていた。

ひとり、ふたりと跳ね飛ばしていくが、すぐに起きあがってくる。

不意に、私は自分でもわけのわからない憤怒《ふんぬ》に襲われた。足を止める。五人が、四人に減っていることに気づいた。最初の男は、まだ立ちあがれずにいるのだろう。

私が身構えると、四人も身構えた。子供だが、喧嘩《けんか》には馴《な》れた連中だった。走りながらひとりずつを相手にしていなければ、私の方が危険だ。

その危険が、ほとんど快感に似たものに私には感じられた。四人のうちのどいつを標的にしようか、見較《みくら》べた。一番躰《からだ》の大きな男にむかって、私は踏み出していた。

ぶつかり合う。膝《ひざ》を突きあげる。二度突きあげた時、横から体当たりを食らった。転がり、立ち、そこを狙ったように飛んできた足を、両手で受けた。痺《しび》れが走る。痺れたままの腕を、前へ突き出した。殴《なぐ》りかかってこようとしていた男の顎《あご》へ、拳《こぶし》が入った。蹴りあげる。横からの体当たりを、肘《ひじ》で弾《はじ》くようにして撥《は》ね返した。左へ、跳んだ。靴が、頰《ほお》を掠《かす》めた。右、左、右とパンチを出し、横に跳んだ。後ろから抱きつかれた。無理に持ちあげることはせず、私は後ろにはずみをつけて躰を投げ出した。倒れ、もつれ合った。立ちあがろうとしたところに、蹴りがきた。それを、腹で受けながら立った。肘。首筋に打ちこもうとしたが、はずれた。頰骨のあたりに当たり、のけぞらせただけだ。

息を吐《は》いた。踏み出す。複数を相手にする時は、退《さ》がるより、踏み出すことだ。正面のひとりに、体重をかけた肘を打ちこんだ。きれいに、首筋に入った。棒のように倒れた。相手が、三人になった。四人の時より、ずっと動きは見きわめやすい。ひとりが、タックルをかけてきた。そいつを蹴りあげようとした時、もうひとりが腰に抱きついた。私は、自分から倒れていった。動きを封じられる時間が長ければ長いほど、多人数を相手にしている危険は増してくる。躰を捩《ねじ》り、転がる。腰に抱きついていた男を、ふり解《ほど》いた。立った。四人いる時より、立つ機はたやすく摑《つか》めた。転がった二人が、立ちあがるのが遅れた。眼の前のひとり、一発食らい、三発返した。棒立ちになった男の、股間《こかん》を蹴りあげた。前のめりになりかかるところを突き起こし、腕を抱えこんで倒れた。充分に体重がかかっていた。抱えこんだ腕が、逆に反《そ》れるのがわかった。生木の折れるような感触が、抱えこんだ両腕の中にあった。呻《うめ》き。立ちあがりながら、それを聞いた。

二人だった。ひとりがポケットからなにか出した。闇《やみ》の中で、鈍《にぶ》い光を放った。

私は、肩を上下させて、乱れた呼吸を整えた。

道路を、男女が歩いていくのが見えた。私は、靴の先で地面を蹴った。意味のない私の行動を、二人は意味があると考えたようだ。申し合わせたように、跳び退《すさ》った。

私は、タクシーに乗りこむ女の姿を見ていた。夕方からの仕事が、呆気《あっけ》なく失敗する瞬間だった。これで、来週の火曜日まで、女の身許を探《さぐ》る方法はない。依頼人は、一週間の遅れを許すだろうか。

私の無意味な行動に気づいたのか、ナイフを持った方が踏み出してきた。ナイフは小さく、闇の中を飛ぶ別の虫かなにかのように、鈍い光を放ち続けていた。

光が、私の腹にむかって飛んできた。私は、横に跳んだ。半端《はんぱ》ではなかった。ほんとうに刺《さ》そうという気でいる。

もうひとりが、組みついてこようとした。両手を払いのけ、躰がぶつかる寸前に横に跳んだ。擦《す》れ違いざまに送った膝は、いくらか浅かった。ふり返った男のパンチが、顎のさきに当たった。尻《しり》から落ち、私は躰を丸めて転がった。じっとしていると、刺される。ナイフが追ってきて、何度も私は刃の起こす風を感じた。

跳ね起きる。ナイフ。かろうじてかわし、一発だけパンチを送った。背後から、抱きつかれた。光が、嬉《うれ》しそうに踊った。私は、抱きついている男に体重をすべて預けた。光。蹴りあげた。光が、虚空《こくう》を飛んで、地面に落ちた。蹴った勢いで、私は抱きついた男ともつれ合って転がっていた。襟《えり》を摑む。転がりながら、背後に回った。襟を摑んだ手は、男の首に回っていた。髪を摑む。絞《し》めあげる。男の躰に、痙攣《けいれん》が走った。

立った。最後の男は、すでに蹴り飛ばしたナイフを拾っていた。

私は、肩を上下させた。いくら大きく呼吸しても、胸の苦しさは収まらなかった。汗で、全身が濡《ぬ》れていることに、はじめて気づいた。時々、視界が白くなった。それは一瞬のようで、男の姿はまったく動いていなかった。

男の呼吸も乱れている。荒い息遣《いきづか》いが、はっきりと聞きとれた。

一歩、男の方が踏みこんできた。私は、足場を測った。間合《まあい》を誤まれば、刃が躰のどこかに触れる。いま出血すれば、まともに立ってはいられないだろう。

一歩、私は詰めた。それから半歩。二人の間の空気が、張りつめるのがわかった。

全身の肌が、痛いような感覚に包まれた。一歩。私の方から出た。突き出されてきたナイフを、私はよけなかった。両手で撥ねあげ、手首を摑んだ。腹を蹴りあげ、そのまま相手の腕を巻きこむようにして、地面に倒れこんだ。私の脇腹《わきばら》の下の鈍い音。立った。男も立ったが、右手が作りもののようにぶらさがっていた。肩がはずれている。

二歩、近づいた。男の顔に、怯《おび》えに似た表情が走った。胸ぐらを摑む。右肘を、顔の真《まん》中《なか》に叩《たた》きこむ。男は仰むけに倒れ、起きあがろうとして、右腕が利《き》かずまた倒れた。脇腹を、蹴りあげる。男が、背を丸めた。

息を吸い、吐いた。全身が、汗で濡れている。男が躰を動かした。私は、腹を蹴りつけ、うつぶせになったところで、背中を蹴った。男が、口からなにか吐き出した。

荒い呼吸は、まだ続いていた。左手の小指のつけ根が、切られていることにはじめて気づいた。痛みはない。左手が血に濡れているだけだ。出血の量で、傷の深さを測ろうとした。わからない。血は、地面にも滴《したた》っていた。私は、小指のつけ根にハンカチを巻きつけた。動かそうと思えば、動く。それだけは確かめた。

男が、私の方を見あげていた。鼻血と吐瀉物《としゃぶつ》にまみれた顔の中で、眼だけがまだわずかな覇気《はき》を残していた。

「ナイフなんか振り回すやつの、眼じゃねえな。五人で束《たば》になって、ひとりをフクロにしようってやつの眼でもない」

喋《しゃべ》る言葉が、まだ収まらない息遣いの中で途切れ途切れになった。

「そんな眼をするにゃ、資格ってやつがいるんだよ」

私は男に近づき、軽く顔を蹴った。

「野郎っ」

男が搾《しぼ》り出すような声をあげた。

「殺してやるからな」

「くたばりかかってるやつの、言う科白《せりふ》か」

もう一度、男の顔を蹴った。男は跳ね起きようとしたが、まだ肩ははずれたままで、途中で倒れた。睨《にら》むように、私を見あげてくる。

不意に、憎悪に近い感情が私を襲った。それは唐突《とうとつ》で、制御する間もなく私の躰を衝《つ》き動かした。

私は、男を蹴りつけていた。三度、四度と続けざまに蹴ったあと、男の躰のそばに立って、腹や脇腹をゆっくりと蹴りはじめた。男は呻き、身をよじらせていたが、やがてそれもしなくなった。

「もう一度、言ってみろ。殺してやるって、言ってみろよ」

男のそばにしゃがみこんだ。男が、私にむかって唾《つば》を吐いた。それは私には届かず、男の首筋に落ちた。私は、唾を吐き返した。それは、男の顔の真中に落ちた。男が、左手でそれを拭《ぬぐ》おうとした。私は、男の左手を膝で押さえつけた。右手は、まったく動かせないようだ。もう一度、私は口に溜《た》めた唾を男の顔に吐き出した。

「殺してやるからな」

「その前に、俺がおまえを殺してやる。いいか、腹を蹴り続けりゃ、内臓が破裂して血の小便が出る。そうなりゃ、一日ぐらいで死ぬね。そうやって、時間をかけて殺してやるよ。

だから、おまえにゃ俺を殺せない」

「殺してやる」

「それしか、言葉を知らんのか。小僧のくせに、大人に喧嘩を売りやがって」

私は腰をあげ、男を蹴りつけた。男の躰を一周し、また同じところを蹴りつけた。男が、声をあげて泣きはじめた。

「ガキの喧嘩は、泣いたら終りだ。大人の喧嘩はな、泣いたぐらいじゃ終らねえんだよ。終らせたかったら、早く死ね」

蹴りつけ、顔を踏んだ。

しばらく、靴の底に男の顔を感じていた。男の口が動いた。苦しがっているのかと思ったが、男は靴の底に嚙《か》みつこうとしているのだった。

私はかっとして、男の股間を蹴りあげた。男が、呻きをあげた。腰のあたりが、痙攣したように動いている。もう一度、蹴りつけた。躰が痙攣し、眼が白く反転するのが見えた。

二人が、遠くに立っている。あとの二人は、しゃがみこんだままだ。近づいてこようとはしない。

私は、男の髪を摑み、二、三度頭を揺さぶった。反転していた男の眼に瞳《ひとみ》が戻り、私にむいた。私を見つめてくる眼。子供の眼であることに、私は気づいた。ひょっとすると、十七、八なのかもしれない。

私は、遠くで見ている男たちの方へ歩いていった。介抱してやれと言うつもりだったが、立っていたひとりは駈《か》け去り、もうひとりは尻餅《しりもち》をついて小便を洩《も》らした。うずくまっている二人も、怯えの眼を私にむけているだけだ。

私は、歩いて車まで戻った。

「指を詰めそこなったやくざだな、まるで」

呟《つぶや》いた。左手の小指のつけ根のハンカチは、血で濡れていた。ハンドルに血がつくのも構わず、私は車を出した。

2

三日経《た》っても、四日経っても、指の傷にはおかしな感じがあった。痛みではない。突っ張るような感じとも違う。繃帯《ほうたい》で包みきれないものが、顔を出してなにか言っているような気がした。

私は、また火曜日に、尾行と張込《はりこみ》をすることになっていた。

私の依頼人が、寛容だったというのではない。女には逢わず、友人らしい男と明け方まで話しこんでいて、その友人を送ってから帰宅した、という嘘《うそ》の報告をしたのだ。

五万円の報酬《ほうしゅう》を受け取った上に、翌週も私は同じ仕事を引き受けた。十万になる。十万円分の嘘を、自分の仕事の中に紛《まぎ》れこませてしまうことに、それほど大きな自責も感じていない自分を発見して、私は茫然《ぼうぜん》とした。

依頼人は、どこにでもいそうな主婦である。探偵を雇って調査する自分の行為に、おどおどとしていた。騙《だま》して、五万を十万の仕事にすることなど、考えてみればたやすかった。

小指のつけ根の傷は、張込中に受けたものとも言える。あの公園での乱闘そのものも、私が仕事をしていなければ、起きなかったものだ。危険手当など、あらかじめ予想できるものでなければ、請求できない。だから、五万は危険手当とこちらで勝手に決めてしまえばいいのだ。

小指のつけ根の傷は、それほど深くはなかった。筋に沿って縦に切られていたので、筋の動きにも支障はないようだ。

自分で治療した。つまり、消毒し、ガーゼを当てて、繃帯を巻きつけただけである。治療の実費も、それほどかかっていない。

私は、小指に繃帯を巻いたまま、別の仕事をひとつこなした。そこそこだと自分でも思える程度の成果をあげ、依頼人も満足した様子だった。それは人の消息を捜す仕事で、一緒に暮していいるらしい女まで、私は見つけた。そこで調査は打ち切っていいと言われたのだ。事情はわからない。その男の存在も確認していない。ただ、依頼人には、女の名を言っただけで確実にわかったものがあったようだ。

仕事の五割以上は、男女関係の調査である。その中に、時々危険なものも混じる。そういうものを嗅《か》ぎ分け、理由を説明して危険手当を請求するのも、探偵の甲斐性《かいしょう》のひとつだった。

火曜日になると、私は前の週と同じように男を尾行《つけ》た。小指のつけ根は、繃帯を取り、テーピングだけしていた。傷を見たかぎりでは、開きそうな気配《けはい》はなかった。

まったく、独創性もなにもない男だった。判で押したように、先週と同じコースだ。女の方も、三十歳ぐらいの、見栄《みば》えのしない地味なタイプだった。酒は強いらしく、男の方が先に酔《よ》っていた。

十二時過ぎにタクシーに乗り、同じホテル街へ行った。入ったホテルまで、先週と同じだった。タクシーを降りてホテルへ入っていく女の姿は、どこか怯えたようで、生活の疲れさえ感じさせた。男の方は酔った足どりで、女に支えられるようにしていた。

私の依頼人である男の妻も、どこか怯えたような表情だった。女より十歳は上で、その分、生活の疲れも濃く滲《にじ》ませていた。私に払う五万も、二度数え直して差し出したのだ。

先週の公園のベンチに腰を降ろした。

女の名前と住所を調べて、男の妻はなにをするつもりなのか、煙草を喫いながら考えた。直接、話し合おうというのか。それとも罵《ののし》るのか。密会に女の部屋を使っていないので、現場に踏みこむことなどできはしない。

「俺に関係ないことだ」

声に出して、私は呟いた。

公園には、先週のように少年たちの姿はなかった。

なぜ、あそこまで徹底的に痛めつけてしまったのか、と私は考えはじめた。いや、なぜ本気でやるつもりになってしまったのか。

一万円札一枚程度で、片がついたことだったかもしれない。あの少年は、二、三日は起きあがることもできなかっただろう。五人いたから腹を立てた。ナイフなどを出したから、こちらも本気になった。理由はいくらでもつけられた。

男女が、ホテル街の方へ歩いていった。女が足をとめ、ためらっている。男は盛んになにか言っていたが、女はうつむいて動こうとしなかった。

仕方がないという感じで、男は女を公園の方へ連れてきた。ここで口説《くど》き直そうというのだろう。あの少年たちがなにをしていたか、ようやく私にも見当がついてきた。つまり、ホテルに素速く入るのをためらっている男女を、この公園で脅す。一万円ぐらいをせしめたら、それで上出来なのだろう。ひと晩、ひと組も来ないこともあれば、三組も四組も来ることもある。

公園の入場料と言っていたが、もしかすると千円ぐらいを取る、かわいいものだったのかもしれない。そこに、私が現われた。連中としては、眼障《めざわ》りだったに違いない。人がいれば、男女が入ってくる確率は減るに決まっている。なんとなくたむろしている、という感じで姿を現わしたのは、私を追い払おうという意図があったからなのか。

男女が、私とひとつ隔てたベンチにやってきた。

こういう時、連中は姿を消し、頃合いを見て現われていたのだろう。

私は腰をあげ、道路の方にむかって歩いていった。公園は、ちょうどホテル街の入口にある。ホテルに入るのを逡巡《しゅんじゅん》する女を口説くのに、恰好《かっこう》な場所ではあるだろう。少年たちが近寄ってくるのに怯えた女が、ホテルに逃げこんだ方が安全だと考えるかもしれない。

私は、一度道路に出て、また公園に入った。道路にいるのは、やはり変だった。仕方なく、私は先週いたところと同じ、銀杏の幹のかげに立った。ベンチの男女は、すでに唇《くちびる》を合わせている。

「そこだと、気づかれるぞ」

植込《うえこみ》のかげから、声がした。男がひとりうずくまっていた。覗きというやつだろう、と私は思った。

中年の男だった。植込のかげから、手招きをしている。私はそこへ行き、しゃがみこんだ。頭頂《とうちょう》にほとんど髪がないのが、闇の中でもわかった。

「ここで、毎晩やってんのかい？」

「この間まで、ガキがいて、ここを占領してやがった。いなくなったんだよ」

「面白《おもしろ》いのか、ここは？」

私も、覗きの仲間と思われているようなので、そう訊《き》いてみた。

「女って、不思議なもんでよ。ホテルに入るのはいやがってんのに、公園のベンチでやらしたりするんだよ。どういうんだろうね。金が惜しいわけでもないはずだよ。男が払うんだろうからさ。躰を触られてるうちに、どうでもよくなってしまうんじゃないかな」

「それにしても」

「きのうの晩は、二組やった。いいか、やりはじめてから、そばに近づくんだよ。どうも、あんたのやり方はよくないな」

私は煙草をくわえた。火をつけようとして、男の表情を窺《うかが》った。男が頷《うなず》いたところで、火をつけた。

「まださ、はじめるのは。きのうなんか、一時間もベンチでちゅうちゅうやって、やっと女がメロメロになって、下も触らせはじめた。はじめるまでに、二時間だよ、二時間。だけど、いつはじめるのか待ってる時間が、またよくてね」

腰を降ろして、私はぼんやりしていた。

「あんたがベンチにいた時は、いやなやつがいやがると思ったが、アベックと入れ替りに立つなんて、味なことをするじゃないか」

男は、ひそめた声で喋り続けていた。

なぜ、あんなに痛めつけてしまったのか、と私はまた考えはじめた。立てなくなった男を、さらに蹴り続けたのだ。唾を吐いた時の男の表情が、思い浮かんでくる。たかが十七、八の小僧に感じた憎悪を、なぜ抑《おさ》えきれなかったのか。いくらナイフを振り回したといっても、やりすぎだった。

自分を殴るようなつもりで、殴ってしまったのかもしれない。

ふと、そんな気がしてきた。プライドというものがない、最低の男。そう言われたことを、思い出したりしていたのだ。

「おっ、意外に早くはじめるかもしれない」

男の小声。私は、ベンチの方を見ようという気になれなかった。

「待ち方は、いろいろとあるよね。はじめたと思うまで、時々見るだけとか、じっと見つめているとか。露骨《ろこつ》なのを見たあとは、やったと思うもんな」

男は、四十から五十の間ぐらいなのだろうか。私がもみ消した煙草を、拾おうとする。私は新しい煙草を一本やり、火もつけてやった。

「仕事は？」

「あるんなら、こんなことしてないでしょ。いまは、ハンバーガー屋で捨てるハンバーガーを拾ったって、食っていけるからね。パチンコでも、そこそこ稼《かせ》げる。煙草を持ってないのは、成人病に気をつけなくちゃならないからさ。ただ、そばで喫われると、欲しくなっちまう」

男が言っていることが、どこまでほんとうでどれが嘘なのか、私には判断がつかなかった。

「あんた、仕事をしてるんかい？」

「一応な」

「どんな？」

なんと答えていいか、私にはわからなくなった。私は、もう一本煙草に火をつけた。

「こんなところで、見栄を張るなよ。失業者同士じゃないか。しかし、俺より若い分、あんたはいいさ。肉体労働だってできるだろうし。俺は、なにせ成人病の危険がある」

「突然死でもするかね」

「まったくだよ。その危険は、いつだってあるね。躰にやさしい仕事しか、俺にはむかないの」

俺はまともな仕事をしている、と言いそうになって、途中でやめた。男は、ひどく短くなるまで煙草を喫った。それでも、まだ捨てようとしない。私は、もう一本煙草をやった。私が喫っているのは、両切りのピースだ。

「おっ、股《また》に手を入れた。そろそろだ。行こうぜ」

火のついていない煙草をくわえ、男は植込から這《は》い出していった。私は、じっとしていた。

いつまでも、男は戻ってこない。男を待つような気分になっていることに、私は気づいた。煙草を、何本か喫った。

男が戻ってくるより先に、ホテルから二人が出てきた。なにも喋らず、うつむいて歩き、男が片手を挙げてタクシーを停《と》めた。タクシーは、私のビートルのすぐ後ろに停まり、女を乗せて走り去った。

残った男は、しばらく立って次のタクシーを待っていた。女のタクシーが走り去った時点で、二回目の私の仕事も失敗していた。

私は、植込のかげから動かなかった。

男が、戻ってきた。しばらく黙りこんでいる。興奮しているのだ、ということがようやく私にもわかった。

「これで、一発抜いてこいよ」

私はポケットに手を突っこみ、一万円札を何枚か摑み出した。男は、ぼんやりと私を見ていた。

「足りるだろう、これだけありゃ」

「なんで？」

「興奮すると、こんなことをしてみたくなる。おかしな男だと、自分でも思うがね」

男の手に、札を握らせた。寒い季節でもないのに、男の手は荒れてガサガサした感じだった。

「なんだよ。こんな金、気持が悪いじゃないかよ」

私は腰をあげ、手を振った。

自分の車に乗りこみ、エンジンをかけた。古いビートルは、ちょっとくたびれた音を出した。公園の一角は広い通りに面していて、私がビートルを停めておいたのはそこだった。大抵《たいてい》の男女は、ホテルの玄関までタクシーで乗りつけるが、帰りはこの通りへ出てきて車を拾う。

光の洪水《こうずい》の中に、私はビートルを出した。

明日、依頼人に会って金を返すしかなかった。私の依頼人は、思い迷った挙句《あげく》、無責任な探偵に仕事を頼んだということだ。

仕事は選ばない。そう思っていた。ただ、うまくこなせない仕事はある。プライドでそうするのではない、と私は自分に言い聞かせた。プライドは、もっと別なところにある。なにかをちょっと、かけ違えただけだ。

私の仕事には、時々そういうことが起きる。

第三章　車一台分の仕事

1

その老人は、私のショートピースに火をつけると、うまそうに煙《けむり》を吐《は》いた。禁煙して、それほど長くはないのだろう。禁断症状がまだ終っていない、という感じがあった。いまさら禁煙して、寿命に関係してくるという歳《とし》にも見えないが、人それぞれなのだとも私は思った。

老いを剝《む》き出しにした老人ではなかった。着ているものはちょっと粋で、私のジャンパーの方が爺むさいぐらいだ。年齢はのどもとなどによく出てくるが、それはアスコットタイを巻いてうまく隠している。ブルーのアスコットタイと、黒いスウェードが、またよく合っていた。老いを感じさせるのは、煙草《たばこ》を挾《はさ》んだ指とか、耳の脇《わき》の縦皺《たてじわ》ぐらいしかなかった。

「それで、依頼というのは、ある女の子に結婚を申し込んでいる男の、なにを調べることなんですか？」

老人の名刺に眼をやりながら、私は言った。吉尾幸二《よしおこうじ》とだけある。肩書もなにもなかったが、裏面には横文字の印刷があった。

「男として、ちゃんとしているかどうかということだよ。すべての点においてね」

「ある女の子というのは？」

「それも言わなきゃならんのかね？」

「まあ、調べる過程でどうしてもわかってしまうことですがね」

「私の、恋人というところかな」

「そうですか」

別に驚きはしなかった。ある女の子という言い方は、恋人だからこそとも思える。娘や孫なら、はっきりそう言うはずだった。

「十九とおっしゃいましたね」

「あと二カ月で、二十歳《はたち》だ」

「いまは、まだ十九ですよ。高校を卒業して、それほど時間は経《た》っていない」

「私が、悪いことでもしているような言い方だね」

「とんでもない。事実誤認を避けるために、言っているだけです」

「孫のようにかわいい、と思うこともある。実際、その子より歳上の孫が、二人いるよ」

「孫のようにかわいくても、肉体関係はあるんですね？」

「露骨《ろこつ》な男だ」

「あくまで、事実関係を誤認しないためでしてね」

私も、煙草をくわえて火をつけた。

「セックスは十日に一度。妊娠させせようとしたが、いまのところうまくいっていない」

「妊娠させて、どうするんです？」

「私がその娘の男だったと、はっきりと事実を残すことができる。老いさきが短いと、そんなことも考えるものなんだよ。勿論《もちろん》、妊娠したら産ませる。そのために、経済的な負担もかけさせせない」

「わかりました。しかし、その男がちゃんとしていたら、吉尾さんはどうされるつもりですか？」

「それならそれでいいさ。孫のようにかわいい、と思う部分もある。それで、満足できるところもある」

女の子が、男の存在を吉尾に告げている。吉尾の気を惹《ひ》くためかもしれず、本気で悩んでいるからかもしれなかった。

報酬《ほうしゅう》の交渉をした。経費とは別に五十万。吉尾にとっては、なんでもない金額のようだった。

「やれるところまで、やってみましょう。どういう結果が出ようと、俺《おれ》に責任はありませんよ」

「まるで、最初から見込みがないというような言い方だね」

「常識的に考えると、吉尾さんが不利でしょう。おいくつですか？」

「七十二」

「財産が山ほどあって、正式に結婚できるとなれば別ですがね」

七十二歳と十九歳の男女。だから愛情がないと、私は決めつけようとは思わなかった。男と女の間には、なにがあっても不思議はないと、この商売をはじめてからいやというほど知った。

「君は、独身かね？」

「まあ、俺みたいな男と結婚しようって女は、そうはいませんよ。ということを理由に、独身を続けてるのかもしれませんが」

「恋人はいる、というわけか。つまり調子よくやっているわけだ」

「まあ、吉尾さんとは意味が違いますが。吉尾さんの年齢じゃ、普通は年金生活だ。場合によっちゃ、老人ホームに入っている人もいる」

「そうだな」

吉尾が、冷えたコーヒーに手をのばした。午前中の喫茶店には、人の姿はない。

私は、吉尾とその娘の関係について、具体的な質問をはじめた。つまり、月にいくら手当を渡しているのか。週に何日、娘の部屋を訪れているのか、というようなことだ。月に三十万の手当。部屋を訪れる日は決まっていないが、大抵《たいてい》は事前に連絡する。合鍵《あいかぎ》は持っている。その娘は、昼間はある会社の受付をしている。夜は働いていないが、しばしば深夜に帰ってくるし、ひと晩じゅう留守番電話になっていることもある。

ほかにも細かいことをいくつか、私は訊《き》き出した。

人生最後の情事というひたむきさが、吉尾にはなかった。その娘と関係ができてから八カ月だというが、これまでも似たようなことを続けてきたのかもしれない。

「俺の仕事は、時としてすべてをぶち毀《こわ》すこともあるわけで」

「くどいな、君も」

知らなくていいことまで、知ってしまう。吉尾がやっているのは、そういう行為だった。そこに、吉尾がまだ持っている、枯《か》れきっていないなにかを感じさせた。

五十万の半分は前金だと言うと、吉尾は内ポケットの封筒から札を二十五枚抜いてテーブルに置いた。封筒の中には、百万は入っているように私には見えた。

喫茶店を出ると、私はすぐに仕事をはじめた。

老いぼれのビートルを転がしてまず娘のマンションを調べ、次には勤めている会社を訪れた。顔を確認するのは、それほど難しくなかった。受付に並んでいる、二人の女の子の胸の名札を確認するだけで充分だった。

田村由美《たむらゆみ》というのが、その娘の名だ。大柄で、目鼻立ちははっきりしている。

「栃尾崎《とちおざき》という人が、営業にいるはずなんですがね？」

「営業何課でございましょうか？」

「さあ、営業とだけしか」

「お待ちくださいませ」

声は、どことなく幼かった。社員名簿らしいものを繰《く》る指さきには、入念にマニキュアが施されている。

「そのような者は、営業にはおりませんが」

「そうか。そうですか」

「ほかの課も、お調べいたしましょうか？」

「いや、もう八年も前の話だから」

どこを捜しても、いるわけはなかった。あまりなさそうな名が、いくつか頭に入っていて、こういう場合に使う。

「どうも、手間をとらせちまって」

「どういたしまして」

マニュアル通りの受付嬢だ。もうひとりは、別の客の応対をしている。

午後二時を回ったところだった。

その会社を出ると、私は男が勤めているという車の販売店へ出かけていった。国産の、ありふれた車種を売っている店だ。私の老いぼれビートルを見て、いい獲物が飛びこんできたと思ったのかもしれない。二人の社員に、にこやかな表情で迎えられた。

「ちょっと見るだけだから。訊きたいことがあったら質問するから、それまで放っておいてくれ」

「御試乗用の車もございますので」

ネクタイにワイシャツ姿で、名札を確かめることはできなかった。ショールームの中はやけに暖かく、私もジャンパーを脱いだ。

「ワーゲンの古いものより、性能はいいと思います。似たような排気量ですが」

言って、男はショールームの端に退《さ》がった。

私は、展示されている一台のドアを開けて乗りこんだ。営業というからには、外回りをしていることも考えられる。その可能性の方が大きいだろう。

シートを動かし、ステアリングの高さも調節した。計器パネルも覗《のぞ》きこむ。悪い車ではなかった。優秀な機械を感じさせる。しかし、何万キロも乗りこんだら、古くなったという感じがするだけで、私のビートルのように老いぼれたとは思わないだろう。

客らしい男を連れて、ひとり戻ってきた。試乗に出ていたらしい。なにか言葉を交わし、丁寧《ていねい》に送り出している。

「宇沢《うざわ》君という人は？」

車を降り、最初に出迎えた男に私は言った。名を呼ばれ、戻ってきたばかりの男が近づいてきて頭を下げた。自分の客にはならないと思ったのか、最初に出迎えた男は、もう私に関心を払わなかった。

「フルオプションで、こいつはいくらぐらいになるのかな？」

車のルーフを叩《たた》いて、私は言った。宇沢の顔が綻《ほころ》んだ。

「フルオプションだと、二百二十二万ということになっております」

「試乗、できるかな」

「それはもう。走行一万二千キロ強の試乗車になりますが、よろしいでしょうか？」

「いいとも。このあたりの道に詳しくない。同乗して貰《もら》えるかな」

「かしこまりました」

脱いでいた上着を、宇沢は着こんだ。さっき戻ってきたばかりの試乗車に私を案内し、宇沢は運転席のドアを開けた。

「いまは、ワーゲンですか？」

「悪い女でね」

「は？」

「付き合いが長くなって、別れたいが別れきれん。別れようとするといいところを見せるし、放っておくと機嫌《きげん》が悪くなる」

「そうですか」

生真面目《きまじめ》な受け答えをし、宇沢は助手席に乗りこんできた。

ステアリングには、前に試乗した人間の体温がまだ残っているような気がした。エンジンをかけ、発進させる。ないクラッチを、私は一度踏んだ。足がそんなふうに動いてしまうのだ。

「オートマチックってやつは、便利といえば便利だが」

おもちゃのようなものだ、という言葉を私は呑《の》みこんだ。

「フルオプションで、百九十八万まで、下げることができます」

「ほぼ一割引きか」

「標準装備ですと、もっと下げられるんですがね」

「二割ぐらいか？」

「二割はちょっと」

国産の新車が、どれぐらいの値引をするものか、私はよく知らなかった。

黄色の信号で、私は加速した。交差点の真中《まんなか》で、キックダウンするのがわかった。変速ショックは、あまりない。

次の信号で、私はドライブのレンジから三速、二速と落として停止した。エンジンブレーキは、ギア付きの車ほど効《き》きはしない。

「ブレーキのABSは？」

「標準装備です」

「四輪ロックなんてものは、させられないわけだ」

「いま時は、そういう運転の必要はあまりございません。スポーティな運転や、危険回避にロックをしたいと思われるなら、ABSを抜くだけでよろしいわけですし」

「ま、俺が乗ってるのは老いぼれのワーゲンで、どう考えてもこちらの方が安全そうではあるがね」

宇沢が指示する通りに、私は左折した。

二十六歳。年齢でなにかわかるわけではなかった。言葉遣《ことばづか》いでもわからない。職業という殻《から》から、首さえも出していないからだ。

「独身かね？」

「はい」

「恋人は？」

「それは、まあ」

「余計なことを訊きすぎてるか」

「構いませんが、私の名前はどこで？」

「友人の家に、名刺があった。たまたま、それを憶えていてね」

「どちら様でしょうか？」

「買うと決めたら、教えるよ。それより、俺のワーゲンを、いくらで下取りしてくれるかってことだな」

「あの種の車は」

「二束三文《にそくさんもん》か」

「いくらかは、考えさせていただきますが」

申し分ない営業マンだった。いわゆるハンサムというやつで、ちょっと崩れたらホストクラブのホストというところだ。

いくらか、崩れさせてみるしかなかった。職業の殻から、首を出させる必要もある。

私は、縦列駐車からはみ出して駐《と》めてある車に、フェンダーのあたりをぶっつけた。ほとんどショックもない、軽い接触だった。それでも塗装は剝《は》げ、多少はへこんでいるだろう。

「うっかりしちまった。横をむいてたよ」

車を停めて、私は言った。宇沢が飛び出していき、接触した車に駈《か》け寄るとしゃがみこんだ。接触したところを指で擦《こす》っている。古い型の国産車だ。

むかいの商店から、男が出てきた。

「おう、やってくれたじゃねえか」

男が、吠《ほ》えるように言った。四十歳ぐらいで、小肥《こぶと》りだった。車は、商品の配達かなにかに使っているものらしい。

「申し訳ございません。すぐに、保険で修理させますので」

宇沢が、何度も頭を下げている。

「はみ出して駐めておく方が悪いんだ。ルールってやつを知らんのか」

車を降りた。男が、私を睨《にら》みつけてきた。

「なんだってんだ。駐めてる車にぶっつけたやつが言うことかよ」

「車が走る場所に駐めておいて、そう吠えるなよ」

「おう、そういうことなら、警察を呼ぼうじゃねえか。ぶっつけて言いがかりを付けるとは、大した神経をしてるよ」

「待ってください」

宇沢が割って入る。名刺を出し、必ず修理すると何度も言っている。

「なんだ、ディラーか。それじゃ、新車にでも替えて貰うかな」

「ほら見ろ。こいつは当たられ屋さ。放っておこうぜ、こんなやつ」

「なんだ、もう一遍言ってみな」

男が、頭に血を昇らせているのがわかった。私は、ジャンパーのポケットに手を突っこみ、男に歩み寄った。近づく速度。それがある。ぶつかるように近づいてきた私に、男は怯《おび》えを見せた。

「死にたいのか、おまえ」

「なんだって」

「すぐ死にたいのか、それとも長生きしたいのか訊いてる。長生きしたけりゃ、それ以上喋《しゃべ》るな。わかったな」

「私が、処理します。すべて処理します」

啞然《あぜん》として見ていた宇沢が、躰《からだ》で割って入ってきた。

「とにかく、うちの車がぶつかったんですから、すべてうちで修理させていただきます。お詫びの方も、それなりにいたしますから」

なにか言おうとした男が、私と眼を合わせて口を噤《つぐ》んだ。

私は、車に戻った。男から名刺を受け取り、何度も頭を下げ、宇沢も車に戻ってきた。

「保険で済むから、損するやつは誰《だれ》もいないよな」

「そんなこと。保険料金は割増しになりますし」

「自分のとこの工場で修理すればいい」

私は、車を急発進させ、めまぐるしく車線変更しながらスピードをあげた。やめてください、と言おうとして、宇沢は口を噤んだようだ。曲芸なみの運転だが、危険はない。それがわかったのだろう。

「もしかすると、わざと接触させたのですか？」

ショールームの前に車を停めた時、宇沢が言った。

「冗談はやめとけよ、おい。フルオプションを定価で買う。それぐらいで手を打ってくれないかな。ビートルの下取り価格は相談の上でさ」

「それはもう、買っていただきませんと」

私は、肩書もなにもない名刺を、宇沢に渡した。ビートルに乗りこむ私を、宇沢が突っ立って見送っている。

夕方から、田村由美を張った。

退社すると、駅にはむかわず、ホテルの方へ歩いた。ロビーは、待合わせの人で混雑していた。

中年の男が、由美にむかって手を振る。

二人は連れ立ってホテルを出、ちょっと離れたレストランに入った。

二人が出てきたのは、八時過ぎだった。タクシーを停め、乗りこんでいく。私は、ビートルでタクシーを追った。

二人が入ったのは、あまり品のよくないラブホテルだった。十時半に、二人はそこから出てきて、別々にタクシーに乗った。

私は、男の方を尾行《つけ》た。

2

四日間、私は由美を尾行し、会った男の身もとを洗った。会社の上司がひとり、目黒《めぐろ》の酒場のマスター、そして宇沢と吉尾だった。探《さぐ》っていけば、四人や五人ではない、という感じがある。由美にとっては、セックスなどちょっとした握手程度のことなのかもしれない。

吉尾への最初の報告は、お座なりなものになった。

それを終えて部屋へ戻ると、宇沢から電話があった。宇沢を尾行《つけ》る必要はなく、むこうから私の部屋を訪ねてくる日が続いていた。

「いまから、お伺《うかが》いしてもよろしいですか？」

かなり焦《じ》らしても、宇沢はやはり職業という殻から首を出そうとはしない。私の方が、焦れはじめていた。

「来たって、話は変らんぜ」

「私の方が、少し変っています。三十分後に、お伺いしますから」

私は、肩を竦《すく》めた。対象の方からこちらへやってきてくれるとなると、私立探偵の仕事は楽なものだった。

腹筋のトレーニングをしていると、チャイムが鳴った。ほんとうなら走りこみたいところだが、仕事中は本格的なトレーニングはしない。百回ほどの腹筋では、かすかに息が弾《はず》んでいる程度だった。

入ってきた宇沢は、奇妙な表情をしていた。おかしなマンションなのだ。水着の女がエレベーターに乗っていたり、黒いヴェールで顔を隠した女が廊下を歩いていたりする。どこかの部屋は風俗産業が商売をしているし、占師が借りている部屋もある。私も、まともな人種とは見られていないだろう。

「そっちの話が変ったって？」

「あの事故による当社の損失を、細かく計算し直しました。二百五万で、フルオプションの新車を売れます」

「俺の方の話は、変らないんだ」

私は、ビートルの下取り価格を、七十万と言い続けてきた。二十万でも難しいところだが、宇沢は粘《ねば》り強く、二十二万という線を出してきている。

「無理な話は、やめにしたいんですが。現実的に話合っていただけませんか？」

「俺は、ビートルに愛着を持ってる。それを二束三文で手放したくないんだ」

「それでは、事故にかかった費用を請求させていただくということになります。何度も言っていますが。私としては、そういうかたちの結着にしたくないのですよ」

「七十万の下取りでいいということになれば、いつでも買うよ」

「それは、非現実的な話です。私は、現実的な解決策を求めて、何度もお伺いしているわけですし。そろそろ浅生《あそう》さんも、現実的になっていただかなくては」

「現実的に考えて、ビートルを二束三文で売りたくないんだ。これまでかわいがってきたんでね。後悔するようなことはしたくない。あれに値段をつけられるのは、俺だけさ」

私は煙草に火をつけた。宇沢は喫《す》わないようだ。スーツは毎日同じだが、ネクタイは替えていた。きちんとした男なのだろう。

「感情ってやつがないのか、君には。そろそろ頭に来てもいいんじゃないのかな」

「頭に来ていたら、車のセールスマンなんて勤まりませんよ。それより、ひとつお訊きしてもいいですか？」

冷蔵庫から出してきたビールのプルトップを引きながら、私は頷《うなず》いた。

「事故現場に、今日も行ってきたんですがね。よほどその気にならないと、あそこで車をぶっつけることはありませんよ。浅生さんのドライビングテクニックは、プロ級です。あんな事故をうっかり起こすとは、とても信じられないんですが」

「わざとだと言ったら？」

「なぜですか？」

「そう言ったらどうするか、と訊いてるのさ」

「やっぱり、同じ質問をします」

「頭には、来ないのか？」

「理由を知る方が、大事ですよ。悪質な目的があったとは思えませんし。私も、いろいろ考えはします。あんな事故で、浅生さんが得をすることはなにもありません」

「ほんとに、ないと思うか？」

「ありませんよ。相手方の人とも穏やかに話をしましたが、私に同情してくださって、修理だけでいいということになりました。だから、浅生さんと組んで起こした事故でもない。結局、なにもわからないんです」

「俺もわからんよ。なぜ、君が頭に来たりしないのか」

「セールスマンは、勤まりませんからね。お客様のわがままとしか思えないクレームとも、真剣に付き合う。そうしないと、車が売れる時代でもなくなっているんです」

「そういうもんかい」

私はビールを飲み干した。空いた缶で、固い頭を叩き割ってやりたくなった。代りに、缶を握り潰《つぶ》す。

私は立ちあがり、冷蔵庫から新しいビールを二本出した。一本は、宇沢の前に置いた。

「私は」

「いやじゃなかったら、飲めよ。お茶代りに出してる」

「そうですか」

宇沢は一度頭を下げ、あっさりとビールに手をのばした。私は煙草に火をつけた。どうしようもない石頭だが、どこか憎めない闊達《かったつ》なところもある。

「入社してすぐに、販売店に回されたんですが、こんなケースははじめてですよ。いい勉強になります」

「勉強ね」

ほかに勉強することがあるだろう、という科白《せりふ》を私は呑みこんだ。

「君の人生ってのは、まっとうに仕事をして、まっとうに結婚をして、まっとうな家庭を築いて、やがて老いぼれる。そんなふうに、進んでいくのかな」

「まっとうに、やりたいんですよ。どこかで間違えたくない。ひとつ間違えると、全部狂っていく。私にはそういうところがありましてね。つまり、どうでもよくなっちまうんです。生きてるのさえ、どうでもいいと思えてしまう」

「そんな経験があるのか？」

「ありますね」

それがどういう経験か、宇沢は語ろうとしなかった。

「探偵という御商売は、儲《もう》かるものですか？」

「やり方だな。金持の依頼人に当たれば、ボロ儲けってこともある」

「面白《おもしろ》そうですよ。浅生さんは、人生がつまらないって顔をされていません。セールスマンは、毎日いろんな方に会いましてね」

「それも、面白そうだ」

「人間は、好きなんだと思います。商品を好きになれ、と上役にはよく言われますが」

宇沢が、ビールを飲み干した。弱くはないらしい。

「もう一本、飲《や》るかね？」

「取引先でいただくお茶は、いつも一杯だけですよ」

宇沢が笑った。ひとつ間違えると、なにもかもがどうでもよくなってしまう。それは、私にもなんとなくわかった。間違ったところにも、多分人生というやつはある。

「私は、これで。明日、またお伺いします」

「留守だ」

「じゃ、明後日」

「しぶとい男だね」

「セールスは、粘りですよ」

私は肩を竦めた。宇沢が立ちあがり、頭を下げて出ていった。

私はトレーニングウェアに着替え、外へ出た。夕方には、いくらか間がある。躰を動かさずにいられない気分だった。

人が働いている間に、走ったりする。ちょっと気がひける。プロの運動選手になったような気分にもなる。ビールが二本入っているので、それほどピッチはあげなかった。汗が噴き出してきたところでストレッチをやり、また走る。それを何度かくり返した。

部屋に戻ってきた時は、暗くなっていた。

シャワーを使う。

頭から熱い湯を浴びながら、吉尾にどういう報告をすればいいか考えた。吉尾は、ただ宇沢の人格審査をしたいだけなのか。それとも、別の答を求めているのか。

シャワーを出ると、キッチンで人の気配《けはい》がしていた。令子《れいこ》が来ているらしい。

自分の部屋を持っているのに、三日に一度は私の部屋に泊る。私の世話を焼くペースとしては、それぐらいが適当らしい。

私の世話を焼くという行為が、令子の生活にある充実感をもたらしているらしい、と気づいたのは、付き合いはじめてすぐだった。最初から、私は誰かの身代りだった。それをいやだとも思わなかった。

二年付き合ってきた。情愛のようなものは、多分芽生えているだろう。男女が愛し合うというのとも、どこか違っているような気がする。友情に似ている、と思えたりするのだ。そのくせ、私は男と女の間の友情などは信じていない。

「食事、もう少し待ってね」

キッチンでフライパンを握った恰好《かっこう》で、令子が言う。冷蔵庫の中のものなど、ほとんど令子が揃《そろ》えている。なにもなくなれば、私は外で食事をしたり飲んだりするだろう。

「どうしたの。浮かない顔をしてる」

「どうも、トレーニングで息があがるようになっちまった」

「それは、年齢よ。それからお酒。誰だって、ビール三本飲んで走れば、息があがるわ」

ビールの空缶の数も、令子はちゃんとチェックしているのだった。それも、私の世話を焼く行為の中に含まれている。チェックして、どうこう言うわけではない。チェックするという行為が、大事なのだ。

このところ、私はあまり令子に仕事の話をしなくなっていた。付き合いはじめたばかりのころは、ベッドの中でよく喋ったものだ。街に詩を書いているような仕事だ、と令子は言った。

私は令子のその言葉が気に入っていて、最近では散文しか書いていないという気がするので、喋らなくなったのだった。

「いやな仕事をするのも、探偵さ」

「そうよ」

理由も訊かず、令子が言う。そういう反応の仕方が、私は嫌いではなかった。余計な質問をほとんどしないというのは、令子の美徳だと私は思っている。

「汚ないことでなきゃいい。いやなのは、俺だけなんだから」

「他人の代りに苦しむのも、探偵の仕事のうちよ」

「よく言ってくれるな。俺の立場ってやつはどうなるんだ」

「あなたには、あたしがいるわ」

「確かにな」

肉を焼く匂《にお》いが漂ってくる。私は冷蔵庫からビールを出して、令子の後ろに立った。胸に手を回す。豊満と言っていい躰つきだ。それは、三年前から変っていない。

「バスローブぐらい、着たらどう？」

「暑いんだ、まだ」

「ほんとに、いやな仕事なのね。そういう時、あなたはいつも熱い湯を浴びるわ」

「俺よりも、俺のことを知ってる女だ」

私は、缶のプルトップを引いた。

3

入口の感じより、中はずっと広い店だった。

入った右側と奥に、それぞれ十人ずつほど座れるカウンターがある。ブースも六つあって、収容人員は五、六十人というところだろう。従業員の数は六、七人だ。

若い連中が、グループで飲んだりする時に使う店なのだろう。宇沢と由美は、奥のカウンターに並んで腰かけていた。

私は二人の隣のスツールに腰を降ろし、水割りを註文《ちゆうもん》してから、宇沢にようやく気づいたような表情をした。

「なんだって、こんなところで飲んでる？」

「それは、こちらの科白ですよ、浅生さん」

由美は、一度だけ会った私に、気づいてはいないようだった。記憶力はあまりよくない。来客はみんな人形のようなものだ、と思って仕事をしているのだろう。

「俺は、大抵こんなところで飲んでるよ」

「私もです」

宇沢はちょっと由美に眼をくれたが、紹介しようとはしなかった。柄《がら》の悪い客として、由美に私のことを喋ったりしているのかもしれない。

出された水割りを、私はふた口で空け、新しく註文した。

「いつも、そんな飲み方ですか？」

「アル中なんだよ、ほとんど」

「そうは見えませんがね」

二人が飲んでいるのは、同じ色のカクテルだった。いかにも、若い恋人同士という感じだ。

しばらく、私はビートルの話をした。走りっぷりはよくないが、どこまでもひたむきに走ると言うと、宇沢は真剣な表情で頷いた。ほんとうは、国産車をあまり好きではないに違いない。自分の売るものには、無理にでも愛情を抱く。それも、宇沢の職業的倫理なのかもしれない。そしてそれは、女にも言えそうだった。

「いい女を連れてるじゃないか」

二杯目から三杯目に入ったところで、私は宇沢の耳もとで言った。

「グラマーだし、若くてピチピチしてる」

「やめてくださいよ」

「こんな時、仕事の話をして悪いがね。新車を買ってもいい」

「ほんとうですか？」

「その代り、その女を今夜だけ俺に譲る気はないか？」

「なにを、冗談言ってるんですか」

「冗談じゃない。どうせ、そこらで拾ってきたんだろうが」

「恋人です、私の」

宇沢の声が、いくらか大きくなった。

「嘘《うそ》だろう？」

「ほんとですよ」

「どういうことだ。とんでもない女を恋人にしちまって。誰とでも寝る女じゃないか。男の手で、薄汚れてるって感じがするぜ。探偵の俺が言ってるんだから、間違いないね」

「酔ってるとしても、そんな言い方、許せませんよ」

「酔ってないし、冗談を言ってるわけでもない。その女、下半身が精液まみれだ」

「やめろ」

宇沢の声が、さらに大きくなった。

「侮辱《ぶじょく》は、許さない」

「どうしたのよ」

由美が、宇沢の腕を摑《つか》んだ。

「あんた、男を何人知ってる。百人か、二百人か？」

「なによ」

「あんたが尻《しり》の軽い女に見えると言ったら、宇沢君が本気で怒った。言ってやれよ、寝た男が何人か」

「俺だけでなく、あんたは彼女も侮辱した」

「ほんとのことを言うのも、たまには侮辱になるのかな」

「謝れ」

「いやだと言ったって、ここで暴れるなよ。みんな見ている。俺が気に入らないんなら、外へ出ようじゃないか」

「いいよ。外で、謝らせてやる」

宇沢が、勘定を払った。私も、ポケットから札を出した。

外は、人通りが多かった。導くように私が歩くと、宇沢は黙って付いてきた。さらにその少し後ろから、由美がなにか言いながら付いてきている。

通りからは目立たない路地へ入った。

「あんたは、俺になにか恨みでもあるのか？」

「女を譲れと言っただけだ。それに、おまえが過剰反応しただけだろう。謝れというなら謝ってもいいが、俺が見たところ、その女は性悪だね。ガキのくせに、男の弄《もてあそ》び方はよく心得ている」

「それで、謝ってることになるのか」

由美も、路地に入ってきていた。私と宇沢の会話は、はっきり聞える距離だ。

「尻の軽い女に、尻が軽いと言った。おまえが恋人だなんていうから、教えてやったつもりだがね。謝れっていうんなら、謝るよ」

「俺にじゃない、由美に頭を下げろ」

「ごめんだね。俺がなんで淫売《いんばい》みたいな女に頭を下げなくちゃならん。これ以上謝らせたいというなら、ぶちのめしてからにしろよ」

「なんだ、こいつ」

宇沢が、いきなり殴《なぐ》りかかってきた。パンチの打ち方など知らない。おそらく、これまでの人生で殴り合いなど一度も経験してきていないのだろう。一発目をかわし、二発目を私は肩で受けた。軽く、ボディに叩きこむ。腹を押さえるような恰好で、宇沢がしゃがみこんだ。

これで終りだろう、と私は思った。由美にむかって歩きかかると、宇沢は立ちあがってきた。

「もうよせよ」

「謝れ。由美に謝れ」

「石頭だな。おまえ。おまえぐらいの歳の時に、一度カチ割られてるといいんだ。そうすりゃ、女に幻想も持たなくなる」

「謝れよ、浅生」

「俺を、殺せるか？」

「なんだと」

「男をほんとうに謝らせようと思ったら、殺す覚悟がなけりゃな。そういうものなんだ。

理屈じゃないからな」

宇沢が、私の襟《えり》に手をのばしてきた。私はそれを、ふり払った。宇沢が殴りかかってくる。スウィングにもなっていない。ただ手を大きく振り回しているだけだった。私は宇沢の拳《こぶし》を、肩と頰《ほお》で受けた。頰のやつは、さすがにちょっと効いた。

三発目を、宇沢が出してくる。ゆっくりとしたパンチで、私は首を捻《ひね》ってそれをかわし、ボディに打ちこんだ。宇沢は、またしゃがみこんだ。それから、立ってきた。

「頭をカチ割るのは」

俺じゃなくこの女だ、と言おうとしたが、宇沢はもう子供が大人を叩くように手を振りあげていた。

私は宇沢の躰をかわし、擦《す》れ違いざまに鳩尾《みずおち》に手加減せずにアッパー気味《ぎみ》のパンチを打ちこんだ。倒れかかる宇沢を抱き止め、そっと路面に横たえた。宇沢は背中を丸め、低い呻《うめ》きをあげている。しばらくは、立ちあがれないはずだ。

私は、由美の方へ歩いていった。由美は怯えた眼で私を見ていたが、逃げようとはしなかった。小動物が、懸命に相手を窺《うかが》っているという感じだ。

「あばずれってわけじゃないな」

由美とむかい合って、私は立った。

「淋《さみ》しいだけか」

由美の両親が、一年ほど前に離婚しているということも、私は吉尾から聞いていた。兄がいるが浜松かどこかで働いていて、一年前から由美はひとり暮しだ。

「淋しいから男に抱かれる。そりゃ、いいさ。そりゃ構わん」

「なによ」

「男の気持まで、おもちゃにするなよ。そいつは悪質だ」

「男だって、あたしの躰をおもちゃにしてる。どっちもどっちよ」

「そうか、女にゃ女の理屈ってやつがあるか」

私は煙草に火をつけた。

大柄な、美人と言っていい女だった。しかし、子供だ。そしてこの女は、誰とでも寝てきたわけではないのかもしれない。

自分のために、なにかをしてくれた男。そういう男たちと寝てきた、とも思える。金をくれる男。飲みたいだけ酒を飲ませてくれる男。仕事で、ミスをカバーしてくれる男。そして、結婚を申し込んでくれる男。

「おまえのために、あそこでぶっ倒れている男が、ひとりいる。なんとかしてやるかどうかは、勝手だがね。たまには、人のためになにかしてやるのも、悪くないだろう」

私は、由美の肩のあたりを軽く叩いて、路地から通りへ出た。

五分ほど歩いたところに、私のビートルがうずくまっていた。

乗りこんで、エンジンをかける。

索漠《さくばく》とした気分だった。私はしばらく、ステアリングに両手を載せてじっとしていた。

こういう時、令子が部屋にいてくれればいい、とふと思った。必要な時にいてくれることを、望める相手ではなかった。令子は、今朝私の部屋から会社に出ていったのだ。男と女というのは、なんなのだ、と私は呟《つぶや》いた。わかるはずのないことをわかろうとしている、と気づいていながら声に出して呟いてみる。

このところ、街に散文を書きっ放しだった。男と女がなにかなどと考えることは、およそ詩的なものからかけ離れている。

宇沢は、そろそろ立ちあがっただろうか。不快な感じは、明日まで続くだろう。止めようがなかった。自分から立ちあがってきたのだ。あれぐらいのパンチを打ちこまなければ、何度でも同じことをくり返したに違いない。

いつまでも、気にしても仕方がなかった。

私は時計に眼をやった。もうひとつ、散文を書き散らすのに、まだ間に合う時間かもしれない。

車を出した。

まだ道路は混んでいた。信号で停止するたびに、私は煙草に火をつけた。車の灰皿は、吸殻でいっぱいである。車の灰皿を、吸殻でいっぱいにしておくのが、私はなぜか好きだった。ドアを開けて車に乗りこんだ時、ずいぶんと走ったな、という気になれるのだ。どこをどう走ったかは、考えないことにしていた。

目的の場所に、三十分ほどで到着した。

私は一度家のまわりを歩き回り、それから車に戻って待った。待つのを苦にしたことはほとんどないが、索漠とした気分がくり返し襲ってくる。

一時間半ほど待った時、駅の方から人影が歩いてくるのが見えた。これまでも、何人も通ったが、その人影には見憶《みおぼ》えがあった。疲れたような足どりで、いくらか酔ってもいるようだった。

私は車を降り、その人影が近づいてくるのを待った。

「村山《むらやま》さんですね？」

男は立ち止まり、私に胡乱《うろん》な眼差《まなざ》しを投げかけてきた。ネクタイが、緩《ゆる》んで曲がっている。思わず、手をのばして直してやりたくなった。

「なにか？」

「いやな話で恐縮なんですがね」

「聞きたくないな。俺は疲れてる」

「時間はとらせませんよ。田村由美を御存知《ごぞんじ》でしょう？」

「君は？」

村山の口調が、不意に醒《さ》めたものになった。

「俺のことは、どうでもいいんです。あなたは総務課長として、田村由美の上司に当たりますね。そして、肉体関係を持ってる」

「なにを言い出すんだ、君は」

「事実を言ってるだけですよ。この先の御自宅には、奥さんと、中学生と小学生の子供もいる。不倫ってやつですね」

「脅迫か？」

「まあ、似たようなもんですが、あなたが特に損をするってわけでもありません。ちょっとばかりツキがないってだけでね」

「俺は田村君と」

「よしなさい。事実は摑んでます。いつ、どこのラブホテルに、何時間いたかということまでね」

村山の息遣《いきづか》いが荒くなった。私は煙草に火をつけた。まったく、散文もいいところだ。街に詩を書いているなどとは、間違っても言えなくなった。

「金か？」

「とんでもない。さっき拝見したんですが、おたくの車、かなり古くなってますね。あれを買い替えていただけませんか。フルオプションの新車で、二百二十二万。定価です。あの車の下取りは構わないが、割引きはなしです」

「車だって？」

「幸い、同じメーカーだし、ここの販売店の営業部員から買ってください」

私は、宇沢の名刺を村山の胸ポケットに突っこんだ。

「どういうことなんだ？」

「つまり、不倫の代償に、あなたは車を一台買うことになった。それだけのことです。ローンを組むのは勝手だが、あくまで定価ですよ。それで、不倫が公になることは、多分ないはずです」

「新車を買えって、君」

「いいんです。貸し借りが回り回ってこういうことになってる。それだけのことなんです。契約は、明日じゅうに。これからも度胸があれば、田村由美と浮気を続けたって、誰も文句は言いませんよ。とにかく、明日の契約を忘れずにね」

私は人差し指を突き出し、村山の胸ポケットのところを一度突いた。

それから踵《きびす》を返し、自分の車に戻った。

4

吉尾とむかい合うと、私はコーヒーを頼んだ。相変らず、お洒落《しゃれ》な爺《じい》さんだった。紺のブレザーに、ボタンダウンのシャツときている。

吉尾は、私のショートピースに手をのばし、私のライターで火をつけた。

「結論から、先に申しあげますよ。宇沢は、結婚相手として申し分のない男ですね。あなたの孫の結婚相手の調査なら、ほぼ理想的な報告ができると思います」

「私の孫の相手ならか」

「そういう御依頼だったものですからね。世間的に見て、まあ合格点の男でしょう」

「そうか」

煙を吐く吉尾の口もとが、かすかにふるえたようだった。

「ほかに女がいるとか、そういうことはないんだね」

「今後どう変るかは、俺にはなんとも言えませんが、いまのところ立派なもんです」

「そういう男だと、由美も言ってた」

続けざまに、吉尾は煙を吐いた。あまりうまそうではなかった。私は運ばれてきたコーヒーを、受け皿ごと持ちあげた。

「結婚するか、あの二人は」

「しないでしょう。確かなことは言えませんが、七分三分か八分二分で、俺はしないと思いますね」

「根拠は？」

まだ、多分恋も知らない娘だから、と言いかけて私はやめた。

「ありません」

「由美のことも、当然調べることになっただろう」

「調べましたよ。しかし、それは依頼の中に入ってはいなかった」

「報告してくれるなら、十万上乗せしよう」

私は、あっさり金で横っ面を張られた。

「なかなか派手な男関係ですな。しかし、本気になっているものは、ひとつもない。確認しただけでも、三人。その中に、宇沢も含まれています。吉尾さんも入れると、四人だな」

「もっとあるんだろうね」

「多分。だけど、どうってことないでしょう。吉尾さんが考えてるほど、由美にとっちゃセックスは大したことじゃなさそうです」

「私は、七十を超えているからな」

「重要な男ですよ。月に三十万も出しているし。それを五十万に増やしたら、三年は吉尾さんの地位は不動ですね」

「そう思うか」

三年経ったら七十五で、そこで失恋すれば、ボケるか死ぬかだろう。

「吉尾さんにとっちゃ、どんどん危険な女になっていきますがね」

「持っている金は、全部使ったっていいんだ。棺桶《かんおけ》には誰も入れようとしないだろうし」

「羨《うらや》ましい話ですよ」

「必死なんだ。必死じゃない、と見せる方法ぐらい心得ているがね。私がほんとうは必死だということに気づいて、由美は結婚したいなどと言い出したのかもしれん」

「だったら、やっぱり五十万にするんですね。一年経ったら、また結婚すると言い出すかもしれない。その時は、五十万を切っちまえばいい。金は、麻薬ですから」

「怖《こわ》いことを言うね」

吉尾が、煙草を揉《も》み消した。早く残りの二十五万と上乗せ分の十万を払って貰いたい、と私は思った。

「吉尾さんが、これから怕いことをしようとしているんですよ」

七十二歳で、女と闘うのはつらいだろう。そして由美の方には、闘うという意識もないに違いないのだ。

「女は、強いですからね」

「実感が籠《こも》っているね」

「ほんとうは、闘いを放棄しちまうのが一番いいって気もしますがね。吉尾さんの場合には、由美が生き甲斐《がい》のようになっている。だから五十万です。その線で、死守ですね」

「死守か」

吉尾が、力なく笑った。

「君の仕事は、なかなか要領がよかった。私が刺激を受けるような報告をしてくれたよ」

「宇沢についての報告書は、これです。別に、読まれることもないと思いますがね。読めば憂鬱《ゆううつ》になるだけです。それから、仕事は簡単なものでしたよ。車を一台売るようなものでしたから」

「車？」

「たとえばの話です」

それ以上の無駄話をやめ、私は吉尾が報酬を出してくれるのを待った。

第四章　芝居の女

1

花に親しむ生き方など、これまでしてはこなかった。花は、ただ花であり、色やかたちは違うが、それほど醜いものではない。そう思っていた。だから花屋に行っても、花の名などわかりはしないのだ。とっさに思いつく花の名は、バラと桜とひまわりとカーネーションと菊ぐらいのものだ。もっと知ってはいるはずだが、あとは知識を搾《しぼ》り出すという感じになる。

「カサブランカなど、よろしいかと思いますが」

女の店員がにこりと笑って言った。どこか、アフリカにそういう都市がある。そういう題名の映画もある。

「どれ？」

言った私に怪訝《けげん》そうな顔をむけ、店員は白い百合《ゆり》を一本とった。私には、百合にしか見えなかった。そう言うのも面倒で、私は頷《うなず》き、五本とだけ言った。

五本でも、思ったよりずっと大きな花束になった。百合そのものが、私が知っているものより大輪なのである。

老いぼれビートルの助手席に、それを置いた。照れ臭いという感じが強い。抱えて道を歩くことなど、私にはできそうもなかった。

それにしても、このところ私は、営業ということをよく考えるようになった。金にはこだわる性格だが、なにがなんでも多く欲しいと思っているわけではない。殴《なぐ》られていくら、徹夜していくらというふうに、きっちり計算するタイプなのだ。取れるものは取ろうと思うが、取れないものは少ない額でも仕方がないと思うところもあった。額が少なければ、仕事の手も抜いてしまう、というわけでもなかった。

それが、まだ依頼人になるかどうかもわからない相手に、花束などを買っていこうとする。気に入られたいと強く思っているわけではないが、金になりそうな仕事はできるだけうまくやろう、と努力するつもりでいた。その努力の第一歩が、この花束というわけだ。

信号待ちで車を停《と》めると、助手席に派手すぎる婆さんでも乗せているような気分になった。匂《にお》いが満ちてきて、それが以前に私の依頼人になった老女の、周囲を圧倒するようにふり撒《ま》いていた香水の匂いの記憶と繋《つな》がったのだ。

その依頼人は、香水の匂いからは連想できないような謙虚さを発揮《はっき》して、最初にとり決めた額以上の金は、一文も払おうとしなかった。取り決めた以上のことをやった、と私は何度か訴えたが、単なる好意だと思われたようだった。

仕事に入る前に、かなり細かく報酬《ほうしゅう》については打合わせる。それでも、打合わせにないことをやらなければならない状況というやつが、必ず起きてくる。報酬はここまで、と割り切って、さらに踏みこめばもっといい仕事ができるという時でも、可能ならばやめてしまう。殴り合いの最中に、ここまでと言って中止するわけにはいかないのだ。

私が営業に精を出そうと考えたのは、新車が欲しくなったからだった。この老いぼれビートルが気に入っていないわけではなかった。エアコンもなく、三角窓に角度をつけて風を入れたりする車だが、どこか風格のようなものがあった。空冷の、喚《わめ》くようなうるさいエンジン音も、馴《な》れると周囲の音を遮断《しゃだん》するような感じで、私の頭の回転を滑《なめ》らかにする効果があると思っていた。

それでも、私は二度、追いかけていた車に振り切られた。床も抜けよとばかりにアクセルを踏みつけていたが、相手はあっという間に小さくなり、視界から消えたのだった。別に速い車を一台持っておくべきだ、とその時思った。といって、ビートルを捨てる気はなかった。ほとんど乗り潰《つぶ》しかけているこの車は、売れたとしても二束三文《にそくさんもん》で、売れはしないだろうと思わないわけにはいかず、私が乗らなければそのまま廃車なのだ。

つまり、私は車を二台所有しようとしているのだった。

私の生活の水準から考えるととんでもないことで、駐車場代さえ払えるかどうかわからなかった。いまよりはずっと、効率よく仕事をしなければならない。

五階建の、ちょっとしたオフィスビルという感じの病院だった。私はビートルを駐車場の端に突っこむと、花束を抱えて入っていった。玄関ホールの感じも、明るい。売店どころか、レストランまである。

エレベーターに乗って、はじめて病院という感じがした。患者が貧血でも起こすことを警戒しているのか、ひどく遅いのだ。

五階。壁にある院内地図によれば、私が行くところは、廊下《ろうか》の端にある病室だった。病室の入口には、名札がかかっている。エレベーターの前は、ドアの横に六枚の名札がかかっていたが、それが四枚になり、やがて二枚になり、一枚になった三つ目が目的の部屋だった。

ノックすると、意外に若い声が返ってきた。ドアの幅が広い。ホテルとはそこが違う。ベッドのまま患者を運びこむのに、それほど苦労しなくてもいいだけの幅をとってあるのだろう。

ドアが開き少女が顔を出した。一瞬少女に見えたが、ほんとうは二十歳《はたち》ぐらいだろう。頭の中で、ちょっと妖艶《ようえん》な中年女を想像していたので、少女に見えたに違いない。

名を言うと、今度は中からほんとうに妖艶な声がして、私は請《しょう》じ入れられた。

ベッドとそのまわりにあるものが病院という感じで、あとはホテルだった。しかも、二間続きのスウィートだ。もうひと部屋は畳で、付き添いの人間でも泊るためのものだろう。

応接セットのソファで、私は彼女とむかい合った。ほとんど化粧していない顔は、ちょっと想像より老けていたが、眼の下の隈《くま》などに妖《あや》しい感じはあった。手のきれいな女だった。それが自分でもわかっているのか、躰《からだ》の中で一番よく動き、優雅《ゆうが》さに満ちている。

「とても口の堅《かた》い方だと聞いたので、来ていただきましたの」

「ほう、誰《だれ》からです？」

「それは、申しあげられませんわ」

それでよかった。探偵には、依頼人や依頼の内容に対する守秘義務があるのは当然だが、お喋《しゃべ》りな依頼人がいて、自分で喋って洩《も》れたことを探偵のせいにしたりすることも、ないわけではなかった。

「はじめにお断りしておきますが、仕事をするかどうかは、依頼の内容を確かめてからによります。それと、報酬が合意してからですね」

「わかってますわ」

彼女は優雅にメンソール入りの煙草《たばこ》をくわえると、赤漆《あかうるし》のライターで火をつけた。

私の知るかぎり、病室というやつは禁煙である。喫煙所を設けてある病院もあるが、院内すべてが禁煙というところもある。この部屋だけ、特別ということだろうか。テーブルには、ちゃんとした灰皿もあった。

私も、ショートピースに火をつけた。まさか、彼女ただひとりが許されているということはないだろう。

「なかなか難しい仕事になると思いますわ」

「大抵《たいてい》は、難しいことだから探偵を呼ばれるんですよ。捜査して、逮捕する、というのが警察の仕事ですが、調査して、その上でなにか作為的な仕事をしたりするのが探偵です。しかも捜査権などというものはなく、誰でもなろうと思えばなれます。中には、おかしな人間が混じることもあるわけで」

「あたしも、いろいろなことを考えた上で、お願いすることにいたしましたの。探偵がなにかという注釈は結構ですわ」

煙を吐《は》くことで、私は唇《くちびる》を嚙《か》む動作をなんとか押しとどめた。

いつもより、私は喋りすぎている。

「これは注釈ではありませんが、犯罪への加担はやりません。犯罪にもいろいろありますが」

「それも、わかっておりますわ」

最初に顔を出した若い女の子が紅茶を運んできた。レモンも添えられている。コーヒーでも日本茶でもないところが、やはり粋《いき》な感じがした。茶碗《ちゃわん》も凝《こ》ったものだろう。

私は砂糖とレモンを入れスプーンでかき回しながら、彼女の膝《ひざ》から頭の先まで視線を這《は》わせた。膝の皮膚が、ほかのところと同じようにやわらかそうだった。腰は張っていて、ウェストはくびれ、その上に見事なバストがあった。茶のタイトスカートに、淡いパステルカラーのセーター。首筋や膝の白さがなまなましかった。膝から下は、テーブルに隠れて見えない。

本題に入るのは、彼女の方からだった。私は、紅茶を啜《すす》りながら待った。

「誓約書を書いていただけるかしら？」

「内容を聞かずに、いきなり誓約書を書かされるんですか。なんの誓約書か知りませんが、俺《おれ》は一切そういうものは書きません。無駄《むだ》ですからね。法的な拘束力のあるものを作成するのはひどく面倒だし、それ以外なら、気休めにすぎません。気休めのために、お互いに仕事を依頼したりされたりしているわけではないと思います」

「保証は？」

「もって回った言い方ですね。仕事が成功するという保証なら、ありませんよ。全力を尽すとしか言いようがありません」

「秘密を守っていただけるかどうか、の保証です」

「ありませんね」

私は、紅茶を飲み干し、茶碗を受け皿に戻した。

「こういうことには、なんの保証もないんですよ。保証すると俺が言って、なんの意味がありますか。誓約書も同じだ。俺を信用して貰《もら》う。それしかありませんね」

「じゃ、仕事のお願いなんかできません」

「引き揚げますよ。御期待にそえなくて」

「待って」

ひどくなまめかしい言い方だった。声だけで、私のすべての動作は止まっていた。

「お願いするわ」

「話を聞いて、お断りすることもありますよ」

「くどい言い方ね」

「いろいろ、俺をテストされたようだし」

言うと、彼女は白い歯を見せて笑った。ちょっと不自然なほど白い歯で、巧妙な義歯なのだろうと私は思った。

なにか合図でもあったのか、女の子が外へ出ていった。

「あたし、四日間ここに入院してます。その間に仕事を片付けていただきたいの。病気というわけじゃありませんのよ。緊急避難をする場所っていろいろあると思いますけど、病院もそのひとつね。ホテルよりは秘密が洩れにくいというのもありますし」

「なるほど」

私は、ショートピースに手をのばした。彼女は、病人というわけではない。しかし素肌の白さは、病人と思われても仕方がないほどだ。それが、彼女をさらに妖艶な感じに見せているようだった。

2

どんな人間にも、弱いところというのはある。それを嗅《か》ぎ出すのが、探偵の仕事になることは多かった。

上村一典《かみむらかずのり》は、嗅ぎ出すほどのこともなく、弱味を沢山《たくさん》抱えていた。上村一族という、都内の大地主の頂点に立っていたが、内実は一族のお荷物にすぎなかった。この十年の間に、さまざまな事業に手を出し、ほとんど失敗してしまっているのだ。上村一典の名義の土地のすべては担保《たんぽ》に入っていたし、離婚した妻子に月々かなりの金を払わなければならない立場に立っていたし、肝臓《かんぞう》を悪くしてしばしば入院もしていた。

都内に一応事務所はあるが、電話番の女の子がひとりいるだけだった。

そういう状態の男だから、会うのもそれほど難しくはなかった。ただ、なんの手持ちの材料もなく会うのは、いかにも無芸という感じがする。弱味だらけの男だからこそ、弱味もその人間が持っているもともとの性格のようなものになっているとも言えた。つまり、弱味を突っついてみたところで、上村は痛くも痒《かゆ》くもないとしか思えなかったのだ。

こういう人間は、弱味ではないものが逆に弱味になる可能性がある、と私も多少の経験から知っていた。そちらの方を摑《つか》んでから、上村と会うのがいいのかもしれない。

私は、上村の弱味でないところを探《さぐ》りはじめた。滑稽《こっけい》と言えば滑稽な仕事だったが、それが効果的だと考えざるを得なかった。

尾行からはじめた。

真夏は、エアコンのないビートルは、ちょっとした減量ができるほどなのだが、いまは三角窓からの風だけでしのぎやすくなっている。

上村の車は、Sクラスの白いベンツだった。同じドイツ車といっても、私のビートルとは大違いだった。地主と呼ばれる人間が乗りたがる車かどうかは、よくわからなかった。

以前、土地成金の息子を実家へ連れ戻すという仕事をやったことがあり、私の半年分の稼《かせ》ぎをたった一週間でこなしてしまったことがある。その息子が乗っていたのは、フェラーリのテスタロッサだった。つまらない女にひっかかって、横浜で同棲《どうせい》をはじめていたが、女の過去の男関係をすべて調べあげて、その息子に見せてやった。よほどショックを受けたようだったが、別れることはできなかった。手切金というやつを惜しんだのだ。

あの馬鹿息子と較《くら》べると、少なくとも上村は上品さを持っていたし、洗練されてもいた。都内に数千坪《つぼ》の土地を持っていたが、それを売ることは家訓かなにかで禁じられているという話だった。一族の人間を調べてみると、みんな貸ビル業とかレストランとかアパート経営とか、堅実な商売ばかりやっているのだ。

とにかく、上村の一日はそれほど忙しいものではなく、白いベンツで移動してくれるので、尾行も楽なものだった。金策に走り回っているという様子もなく、いざとなれば一族の誰かが助けてくれる、と高をくくっている気配《けはい》すらあった。丸一日尾行《つけ》て、おかしいと思ったのは、若い女と食事をしたことぐらいのものだ。

女が仕事にひっかかってくると、私は必ず調べる。女は、幼稚園の保母で、二十二歳だった。五十一の上村が二十二の女と付き合っていても、別段不思議はない。銀座のクラブなどへ行けば、それぐらいの年齢の女を六十を過ぎた男が口説《くど》いていたりする。

女が保母だというのが、私のカンにひっかかった。食事をしただけで、どこへ行くでもなく、幼稚園の近くにある女のアパートへ送り届けたことも、ひっかかった。

翌日、私は上村ではなく、石田節子《いしだせつこ》という女のことを調べはじめた。実家は水戸《みと》である。父親は上村よりひとつだけ上で、水戸でクリーニング屋をやっていた。節子は、短大を出ていまの幼稚園に勤めはじめた。見合は何度かしているが、両親を安心させるためという感じが強い。

恋人はいない。上村が恋人でないとしたらだ。

それだけ調べあげて、私は三日目の朝、上村が事務所へ出てくるのを待った。

麻布十番《あざぶじゅうばん》のビルの一室が、上村事務所だった。上村の資産の管理が仕事ということになっている。いまでは、利息の支払いをしているだけだろう。

午前十時前に、上村の白いベンツが駐車場に滑《すべ》りこんできた。

降りてベンツのドアをロックしようとしていた上村が、弾《はじ》かれたようにふり返った。

「上村さん？」

「俺は、浅生《あそう》って者《もん》ですがね」

「それで？」

上村は、警戒を解《と》かずに、身構えているという感じだった。片手には、キーを持ったままだ。

「よかったら、ちょっと話をしたいと思いましてね」

「よくないよ」

「そんなに、お忙しいんですか？」

「忙しかろうと忙しくなかろうと、私の時間じゃないか」

「ちょっと話をする時間も、やれないとおっしゃる？」

「不愉快になるのがいやでね。利息はきちんと払っているはずだし、近いうちに全部返してしまうつもりなんだ」

「なにをです？」

「なにをって、なんなのか君のとこの社長に訊《き》けよ」

「別に、社長なんていませんよ」

「それじゃ、親分か。最近は、親分を社長と呼んだりするんじゃないのか」

「なにを言ってるんです。まるでやくざ扱いじゃないですか」

「これ以上、借金を増やさせようったって、無駄なことさ。まして、高利の金なんか借りるものか。断っておくが、私の負債はむこう三カ月で、三分の一圧縮されることになってる」

「あなたが、いくら借金して、いくら返してるのなんか知りませんがね。どうも、借金取りかなにかと誤解しておられるのではありませんか?」

「無理に貸そうとするやつが、あとで借金取りになる。それも、品性ってものが欠けた」

「貸す金は持っていないし、取り立てなければならない貸金もないんですがね」

「金のことで来たわけではないのか」

「違います」

上村の警戒するような態度は、これまでといくらか質が違ったものになった。視線から侮蔑《ぶべつ》するような光が消えたのだ。

蔑《さげす》みの視線など気にしていたら、私の商売はつとまらない。相手が蔑んでくれるおかげで、ふだんは見えないものも見える、というぐらいに思っていた方がいいのだ。私はそう考えることで、自尊心の微妙《びみょう》な傷は忘れようとしてきた。それでも、時々探偵であることそのものに、人間としては認めないという態度を示されることがあり、心の底に疼《うず》くような感じが続くことがある。

「じゃ、なにかね？」

「俺が、車のセールスマンに見えますか？」

「いや。しかし、まともな稼業《かぎょう》にも見えないと私は思うがね」

「まあ、俺がまともかどうかは、人によって意見が違いましてね。話をしてから決めても遅くない、と思いますがね」

「いいだろう。話せよ」

上村は、まだ警戒するような態度は崩していない。

「ここじゃなんだな」

「事務所で話を聞くか」

「もし構わなければ、そうしていただけたら、俺も助かります」

かすかに頷き、上村が歩きはじめた。エレベーターには乗らず、階段を昇っていく。事務所は四階で、健康のためにそうしているのか、私と密室で二人きりになりたくないのか、よくわからなかった。

ありふれた、ごく普通の事務所だ。入ったところにデスクが二つあり、女の子がひとり座っていた。奥の衝立《ついたて》のむこうが上村の席で、応接セットも置いてある。

「名前を訊いておこうか」

どうせ名刺など持っていないと思ったのだろう。私は浅生とだけ名乗り、テーブルに指で字を書いた。

女の子が、お茶を淹《い》れて運んできた。

どことなくぼんやりとした印象の女の子で、受け皿にお茶が少しこぼれているのも構わず、私の前に置いた。上村の方が不愉快そうな顔をした。灰皿、と短く言う。私が煙草を指に挟《はさ》んでいたからだろう。女の子が、ガラス製の灰皿を、音をたててテーブルに置いた。きれいなマニキュアが施されている爪《つめ》だ。それに、異常に長い。

「気を遣《つか》っていただかなくてもいいんですよ。火をつけない方がいいんなら、俺はこうして指さきに挟んでいるだけでしばらくは我慢《がまん》できますから」

煙草を喫《す》う人間が、冷遇される時代だった。周囲の人間の健康に影響するというのだが、そういうことを主張する人間にかぎって、大排気量の車に乗っていたりする。社会というものは、いつも犠牲者《ぎせいしゃ》を必要としている。大袈裟《おおげさ》なことを言うなとよく言われるが、煙草一本喫えるか喫えないかが、重大問題だと考える人間もいるのだ。

上村が、煙草を出してくわえた。私はほっとして、自分の煙草に火をつけた。

「浅生君だったね、用事は？」

「有名な女性と、付き合っておられましたよね？」

女の子に聞きとられないように、私は声をひそめた。耳だけは優秀だ、という感じが女の子にはある。特に彼女の名前などを出すと小踊《こおど》りしてはしゃぎそうだ。

「名前を出してもいいんですが」

「待ちなさい、ちょっと」

上村はデスクへ行き、女の子を呼んでなにか命じた。上村から受け取った書類を持って、女の子が出かけていった。

「まったく、なんの能力もない女ばかりだ。今年に入ってから、三人目だがね。面接の時はしおらしくしているくせに」

仕事に愛情が持てなければ、誰でもそうなるものだろう。仕事のほとんどは電話番だろうし、借金の言い訳をしなければならないことも多いに違いない。

「ところで、有名な女性とは？」

かすかに、得意げな表情を上村は漂《ただよ》わせていた。

「女優の、伊吹綾子《いぶきあやこ》ですよ」

「知らんな。君は芸能記者かなにかか？」

「知らないって、伊吹綾子って女優を知らないんですか？」

「そりゃ、名前と顔は知ってる。当たり前だろう」

やはり、上村の表情は得意そうだった。いくらか、機嫌《きげん》がよくなった気配もある。

「上村さんが、伊吹綾子と付き合っている、という噂《うわさ》が流れたらどうします？」

「事実無根だ」

上村の声は大きくなったが、現在進行形の私の言い方で、さらに機嫌がよくなったようだった。

「考えてみたまえ。相手はスターだよ。何本も主演映画を撮ってる。それがなぜ、私なんかと」

「女を魅《ひ》きつける、オーラのようなものをお持ちなんでしょう」

「そんなものが、借金だらけのこの私の、どこにある？」

「かつては、お持ちだったんでしょう。どれほど借金をしておられるか知りませんが」

「借金は、片が付くさ。親も、親類縁者もうるさい。会議が開かれて、私の借金を帳消しにする方法が検討されている。踏み倒すというんじゃないよ。利息をどうするか交渉したりと、まあそんなとこだ」

「それで、いまも伊吹綾子と付き合っておられるのですか？」

「交際はない、と言っているだろう。これ以上は、何も言えんね」

上村は、やはり上機嫌だった。

「伊吹さんの方にも、当たってみますよ」

「無駄なことは、よしたまえ」

今日のところ、上村を上機嫌のままにしておくことにした。野放図に借金を重ねても、親兄弟が面倒《めんどう》を看《み》てくれる。五十を過ぎて、いい身分というわけだ。

「また来ます」

立ちあがり、私はそう言ったが、上村は駄目だとは言わなかった。

3

石田節子は、明らかに困惑した表情をしていた。

「別に、上村氏との交際を、具体的に喋っていただかなくてもいいんですよ。俺が知りたいのは、今後どうされるかということで」

節子は、軽々しく初老の男と付き合うような女には見えなかった。着ているものも質素で、喋るといかにも健康そうな歯が覗《のぞ》いて見える。美人ではないが、醜くもない。つまりどこにでもいそうな女の子なのだ。

ただ、芯《しん》に強いものが感じられる。

私の質問に、上村という名が出てきた時は、不意に強情《ごうじょう》そうな表情になった。口のあたりの線に、それがよく出る。

「上村さんは五十を過ぎてて、あんたは二十二だろう。ファザーコンプレックスってやつかな。としても、上村さんには大して金はないよ。借金に追いまくられて、あんたの面倒を看るどころじゃないだろうし。下手《へた》をすると、禁治産者《きんちさんしゃ》にもなりかねない」

禁治産者という言葉が、節子には理解できないようだった。

「ベンツなんか乗り回してるが、いずれあれも取りあげられるね」

「なにを、おっしゃりたいんでしょうか？」

「上村さんとは、付き合わない方がいい、と言ってるのさ」

「そんなこと、他人に言われる筋合いじゃない、とあたし思います」

「じゃ、付き合ってはいるんだ」

「放っておいてください」

しっかりしていても、二十二の小娘だった。誘導尋問には、たやすくひっかかる。

「父親と変らない歳《とし》だろう。水戸で、クリーニング業という、まっとうな商売をしている人なのに。御両親は、中年男のおもちゃにされるために、あんたを東京へ出したわけじゃないんだろう」

「あたし、おもちゃなんかじゃありません。幼稚園の保母をして、ちゃんと働いています」

「その子供たちは、なんと言うかな。父兄は。それを考えたことはないのかね？」

「自分に恥じなければいい、とあたしは思ってます」

「いいレストランで、いい食事をして、ベンツで送られて帰る。そりゃ、気持がいいのはわかるがね」

「ベンツも、売るように説得しています。借金は、あたしと知り合ってから、していないはずです。それとも、新しい借用証でもお持ちなんですか？」

「持ってたら？」

「見せていただきます。あったら、それを見せてください」

「見て、どうするんだい？」

「ある日以降のものだったら、あたしも共同責任を取ります」

「おいおい、穏やかじゃないね。そのある日ってのは、いつのことなんだい？」

「それは、あなたに関係ありません」

節子の表情に、もう困惑したものはなかった。強情な線が、より強く口もとに浮き出しているだけだ。

「借金がどうの、と言ってるんじゃないよ。あんな借金だらけの男とは」

「やめてください」

「そりゃ、大人だから勝手だが」

「もしかすると、両親に頼まれたんじゃありませんか？」

「だとしたら？」

「愚劣《ぐれつ》だわ。そんなことができる資格が、あの人たちにはありません」

いろいろと、事情がありそうだった。石田節子を調べることが、私の仕事ではない。こちらの方から、揺さぶりをはじめただけだ。意外にしっかりしていた。ちょっとばかりの揺さぶりでは、小枝がかすかに動くだけだ。

アパートの前で、つかまえた。土曜日だったから、正午にはつかまった。

「いろいろ、あるもんだな」

「なにがです？」

女の生き方、と言おうとして、私は口を噤《つぐ》んだ。石田節子には嫌われただろうが、私は節子を嫌いではなくなっていた。こういう女が惚《ほ》れる、上村という男はどういう人間なのだ、と束《つか》の間《ま》考えた。

「とにかく、余計なことはもう言わないよ。それから、あんたの両親から頼まれたわけじゃない。信用して貰えないかもしれんがね」

私は煙草に火をつけ、ちょっと片手をあげると、路肩に停めたビートルの方へ歩いていった。

ビートルをバタつかせながら、次に私が行ったのは上村の自宅だった。

抵当に入っているとは言っても、五、六百坪はありそうな堂々たる邸宅で、どうせまともな稼ぎはしてこなかったのだろう、と私のような貧乏人に思わせるには充分だった。

インターホンを鳴らすと、上村が出てきた。

いまは、ひとり暮らしい。

門扉《もんぴ》が自動開閉になっているのは、装置を見てわかった。しかし上村は、門の方へ歩いてきた。スウェットの上下という、邸宅には似合わない身なりだ。

「取材なら、喋ることはなにもない」

「取材じゃありませんよ。あんたのことなんか、記事にゃならない。というより、俺は記者なんかじゃなくてね」

「だったら、君」

「あんたが、勝手に記者だと思いこんだだけでしょう。俺は、伊吹綾子の名前を出しただけです」

「どういうことだ？」

「それを、あんたに考えて貰いたくてね」

「わけのわからないことを、言うな」

「さっき、石田節子と会ってきましたよ」

「彼女は、なんの関係もない」

上村が、いきなり怒鳴り声をあげた。こちらの方が、はるかに揺さぶり甲斐《がい》がある。

「なんと、関係ないんです？」

「君とだ」

「俺がなにをしてるか知ってるなら、そう言われても仕方がないと思いますがね。とにかく、俺はもうちょっと石田節子を揺さぶってみますよ」

「待て」

上村は、狼狽《ろうばい》を隠そうともしていなかった。口もとが、かすかにふるえている。

「目的を言え、目的を」

仕事は、うまく運びつつあった。しかし、確実なものにはなっていない。

「まあ、自分で考えてくれ。これが、俺の連絡先でね」

私は、上村に名刺を差し出した。

「探偵だと？」

「そう。記者じゃないが、俺も仕事でね。そういうことだから、多少立ち入るのも勘弁して貰いたい」

上村がなにか言うのを振り切るように、私はビートルに乗りこんだ。

これ以上、仕事のやりようはなかった。あとは、上村がどう出てくるか、それを見極めて仕上げに入ればいい。

恵比寿《えびす》の部屋に戻った。

いつも通り、留守番電話のチェックをし、それからソファに寝そべった。三時を回ったころ、無言電話が一度あった。それきり、部屋の電話は鳴らない。土曜というせいもあるが、まったく暇《ひま》な探偵だった。こんな状態で、もう一台車を所有しようなど、無理な話だ。浮気の調査も、自分自身についての他人の評価を調べてくれという依頼も、いやがらずに受けるしかない。

五時に、部屋を出た。

上村からの電話を待っていたが、結局かかってこなかったのだ。

ビートルに乗ると、白い国産車が付いてきた。上村は、話合いではない方法を選んだようだ。人の少ない通りの方へ、私は車をむけた。間に四台挟んでいるので、白い車は安心して尾行《つけ》てきている。

適当な工事現場が見つかった。臨時の高い塀《へい》がしてあるのではなく、ビニールシートで覆《おお》ってあるだけの、小さなビルの建設現場だ。

私はそこで車を停め、建設現場へ歩いて入っていった。土曜の夕方、さすがに工事の人影はない。

二人、追ってきた。三十メートルほどの距離に車を停め、走ってくる。プロではなかった。もの馴《な》れた連中でもなかった。ただ若いというだけだ。

私は、積みあげられた資材に腰を降ろし、二人が入ってくるのを待った。

二人が、ビニールシートを潜《くぐ》って入ってくる。入ってきてから、腰を降ろした私の姿を見つけてびっくりしていた。

「あんた、浅生さんだよね？」

「おまえらは？」

「関係ないな。ちょっと話がある」

「関係あるから、追っかけてきたんだろう。礼儀ってやつを知らんな」

「あんたは、知ってるのか？」

ひとりは、スポーツでもやっているらしい。がっちりした躰つきだが、眼は弱々しい。こういう男の方が、厄介《やっかい》だった。我を忘れて暴れ回るのが、こういうタイプだ。それがなぜ厄介かというと、恐怖に支配されやすいからだった。恐怖は、人間に思いがけない力を与えたりする。

「人を困らせて、面白《おもしろ》いのかよ、あんた？」

「いや。しかし、仕事なんでね」

「薄汚ねえ仕事だよな、探偵なんて」

「おまえらより、ましだろう」

私が踏み出すと、二人が身構えた。

荒事《あらごと》が付きまとう仕事。ふとそう思った。汚ない事よりも、荒事の方を私が好んでいることは確かだった。場合によっては、わざと殴られることもある。

「おまえら、なんだって」

言った瞬間、瘦《や》せてひょろ長い方が、喚き声をあげた。ひとりが私に飛びつき、もうひとりが殴る。役割を決めていて、ひょろ長い方が抱きつく役らしい。

私はサイドステップを踏んだ。飛びかかった相手がその場にいなくて、男はたたらを踏んだ。それだけの動きで、すでに呼吸を乱している。

私は、一度前方に転がった。転がりながらブロックのかけらを摑み、立ちあがりざま、がっちりした男のボディに一発食らわせた。起きあがる勢いと、体重と、ブロックの重さ。かなり強いパンチになった。男は躰を二つに折り、上体を痙攣《けいれん》させた。もうひとりが立ち竦《すく》んでいる。

「やめとけ」

顔が歪《ゆが》み、喚き声をあげそうになった時、私は声をかけた。出かかった喚き声を吞《の》みこむように、男が躰をぴくりと一度動かした。もうひとりは、腹を押さえてうずくまったままだ。

「馴れないことを、やるもんじゃない。大怪我《おおけが》をする。下手をすると、殺されることもある」

私は、ショートピースに火をつけた。

この二人に訊くことなど、なにもなさそうだった。殴り合いなど、経験もないに違いない。なぜこんな連中が、と思っただけだ。

私はビニールシートを潜って外へ出た。

ビートルの中から、携帯電話で上村の家を呼び出した。二回のコールで、すぐに上村の声が出た。

「待ってたのかい。俺だよ」

「君」

上村が息を呑むのがわかった。

「素人《しろうと》を、あんなことに使うのは感心しないね。二人とも大怪我で、ひとりは死ぬかもしれん」

「待て、救急車は呼んだのか。どこにいる？」

上村の慌《あわ》てぶりが、善良さをむき出しにしたものか、二人に対する心配なのかはわからなかった。

「会いたいんだがね、上村さん」

「どこにでも行く。すぐに救急車を呼べ」

「心配するな、二人は大丈夫だ。大怪我をし損《そこな》ったというだけのことさ。ひとりは二、三日胃がむかつくだろうが、すぐに回復するよ。もうひとりは、言葉で威《おど》かしただけさ」

上村が、ほっとしたようだった。

「会えるね。おかしな細工はしないことだ」

「わかった」

私は、小さなバーを指定した。タクシーで飛ばしてくれれば、ようやく間に合う時間も決めた。余裕があれば、またつまらない細工をしかねない。

4

時間ぴったりに、私は店のドアを押した。

上村はすでに来ていたが、カウンターにまだ飲物は出ていなかった。

「大丈夫なんだろうね、二人は？」

上村が頼んだものは、オレンジジュースのようだった。私は、オン・ザ・ロックを註《ちゅう》文《もん》した。

「心配するぐらいなら、はじめから頼まないことだね」

「あの二人が、自発的に行った。私が、ちょっと落ちこんでいて、まともな話ができないことを心配したんだ。私は、君のことを喋ってしまった」

「ふうん」

「土曜の夕方、私の家に人が集まる。五人ばかりだがね。あの二人は、特に私がかわいがっていた。熱心なんでね」

「ほう。なにをやってるんです」

「近世史と、近世文学」

「なんだって？」

「私の友人のゼミの学生だが、うちに資料があって、その解析《かいせき》を一緒にやっている」

「たまげたな。あんた、学者もやってるのかい？」

「それほどのことはないが、本を二冊書いたんだよ」

「それはすごい」

本を書くなどということは、私には信じられない作業だった。多分、そのために生まれてきた人間がいるのだろう、と思っていた。報告書を書くのさえ、私は四苦八苦している。

「威かされようとどうしようと、私には失うものはなにもないと思っていた。だから、借金取りなど平気なものだったよ。あの家も、私のものとは言えない。資料がかなりあるが、高価なものは友人の研究室へ運んだ。いま家にあるのは、関心のない人間にとっては紙の山だね」

「そうですか」

なんとなく拍子抜《ひょうしぬ》けがして、私はオン・ザ・ロックの氷をカラカラと鳴らした。

「君が、節子の名前を持ち出した時、全身から血が引いた。失うものを持っていた、と気づいたんだ」

石田節子を揺さぶったことは、無駄ではなかったようだ。

「私は、彼女と結婚する」

「ほう、借金だらけの身でかね？」

「すべてを放り出せば、残る借金はわずかなもので、それも父や弟が払ってくれる」

「大変だろうけど、やはりいい御身分ですな」

「節子は、全部放り出せ、と言った。残った借金は、二人で働いて返せばいいと。六百万ぐらいのものだったから」

世間体《せけんてい》というものを、引退した父親や活発に事業をやっている弟は考えているのかもしれない。それならそれで、上村の星というやつだ。

「節子は、上村家と付き合いたがっていない。郷里の両親を納得させるためには、それしかないと説得を続けていたんだ。やっと、仕方がないと思うようになったらしい。両親と縁を切ってもいい、と一時は言っていたぐらいだったんだ」

「しかしまあ、結婚ね。あんたの方から、申しこんだんですか？」

「ちょっと照れる話だが、節子が私を好きになった」

「そいつはどうも」

「節子は、私が二人いると言うんだ。金持として生まれてきて、世間知らずの俗物になった私と、研究を続け、二冊本を書いた私とね。私の著作は、専門家の間ではかなり評価されている。もっとも、わずかしか売れはしないが」

「意外ですよ。完全に、金持の道楽息子が五十を過ぎちまったんだろう、と思ってました。まあ、その面もあるんだろうけど、しかし二冊も本を書いてるとはね」

「三十数年、研究してきた。好きでね。その気になれば、あと十冊は書く材料がある」

「信じられない量だな。俺は、今後の人生で十冊本を読むかどうかもわかりません」

「好きなことをやっている間に、知識が増え、いろいろ考えることもあった。それだけのことだよ」

「結婚してましたね」

「女を見る眼がなかった。好色なところが、捨てきれない。最初の妻とも、そうやって結婚した。海外へ行ったり、好きに遊んだりという目論見《もくろみ》がはずれたのだろう。本を読んでばかりいる男で、好色だけは抑《おさ》えきれず、ほかの女とも浮気をする。つまり、愛想《あいそ》を尽かされたわけだ」

「そんなに、女が好きですか？」

「いまは、抑えられる。一年ぐらい前から、不思議に抑えられるようになった。伊吹綾子と別れてからだよ」

「完全に、別れたんですか？」

「無論だ。彼女が、なぜいまの私と付き合っていなくちゃならん」

「しかし、彼女の方は、なにか返して貰いたいものがあるようですよ」

上村が、ジュースを飲み干し、ちょっと笑った。

「伊吹綾子と、八年近く夫婦同然だった、というのが私の自慢《じまん》のようなものでね。誰もが憧《あこが》れる女を、自由にしていた。ほんとうに、夫婦同然だった。ただ知っている人間は、知っているようだが、公にはなっていない」

「結婚すれば、公とかなんとか、関係なくなるじゃないですか」

「そうだな。結婚しようともした。実質的に結婚しているのだから、籍《せき》などどうでもいいと彼女は言ったよ。ベッドの中で、私の子供が欲しいと叫ぶ。ほんとうに、欲しがっているのだろうと思った。それで、男としては充分じゃないか」

私には、よくわからなかった。子供が産みたいと言われれば、私は尻《しり》ごみするだろう。

「借金がかさんで、もうどうにもならなくなった時も、綾子は私と別れるとは言わなかった。当然だよ。レストランやブティックやサウナや、貿易会社までやって、私の財産を食い潰したのは彼女だから」

「そうですか。事業の責任者は、あなたになってましたがね」

「それはそうさ。銀行融資も、私の名義で受ける。失敗したところで私の傷になり、結婚もしていない彼女には、なんの傷もつかないのだからね」

私は、オン・ザ・ロックに氷だけ自分で足した。内密《ないみつ》の話をしていると思っているのか、顔馴染《かおなじ》みの老バーテンは近づいてこない。

「ある日、私はベッドサイドで、おかしなものを発見した。ピルだよ。彼女は、私と夫婦同然の生活を続けている間、ピルを常用していたのさ。突っこんだら、あっさりとそう言った。それで、別れた。私に残ったのは、借金だけというわけだ」

「なるほどね。子供を産みたいと叫びながら、ピルを常用していた。女ってのは、怕《こわ》いですね。生理を利用して、男を誑《たぶら》かす」

「巧妙なものだったよ。基礎体温をつけたり、私に一週間禁欲させたり」

伊吹綾子といえども、ただの女なのだ。スターであるというのは、虚像《きよぞう》にすぎない。私の部屋に、三日か四日に一度はやってくる女は、妊娠をいつも怕がっている。それだけ信用されていないのだと思うこともあったが、伊吹綾子と較べると、ずっと性格は正直なのかもしれない。

「伊吹綾子という名前が出て、君が探偵だとわかった時、多分これのことではないか、と思った。私は、忘れていた」

上村が、服の内ポケットから、封筒をひとつ出した。手触《てざわ》りで、ポラロイド写真らしいことがわかった。

「私の好色な部分がさせたことでね。特に、綾子の場合は刺激的だった」

仕事は終ったようだ、と私は感じた。

「飲みませんか？」

「飲めないんだ」

「一滴も？」

「アルコールを受け付けないらしい。何度か、飲もうとしてみたことはあるがね。私の代りに、節子が飲んでくれる。酔うと、なかなか怕い。色気も出てくる」

私は、石田節子が酔った姿を想像しようとしたが、うまくできなかった。

「本気で、結婚するんですか？」

「ああ。やっと女に恵まれた。そういう気がしている。彼女は、もともと研究グループのメンバーでね。私に、もっと本を書かせたいと思っているようだ」

「あなたの、昔の女関係は知っているんですか？」

「さあ。しかし、許されるという気はする。節子を知る前のことだったら、多分、責められはしないだろう。相手が、伊吹綾子であったとしてもね」

「関係はしてるんでしょう？」

「露骨《ろこつ》な言い方をするね。結婚が決まるまでに、何度か関係はした。決まってからは、私の方が拒《こば》んでいる。正式な関係になってからのことだとね」

「まあ、考え方次第でしょうが」

「彼女の両親には、それぞれに恋人がいるそうだ。それでも、夫婦をやっている。世間体というやつらしい。だから結婚に幻想は持っていない。申しこんだのは、私の方でね」

「どうやって、暮すんです？」

「大学の講師の口を、友人が世話してくれた。私の親兄弟も、それならいいと言って、小さなマンションを用意してくれた」

「そうですか」

「君が現われたんで、いろいろ考えたが、節子を失うこと以外、私はなにも怕くはないからね」

「でしょうね」

「充実できそうだ」

私は肩を竦めた。

わずかなものだったが、バーの勘定は私が払った。

ビートルで恵比寿の部屋に戻ると、まず留守番電話をチェックした。探偵事務所とわかっていて、冷やかしの電話を入れてくる人間がいる。たとえば、自宅に屍体《したい》があるとか、そんなものだ。冷やかしが二本。

相変らず、開店休業のようなものだった。

私は、伊吹綾子の病室に電話を入れた。

「お仕事、うまくいったかしら？」

「なんとかね。ただ、料金は三割増しになります。なにがなんでもと思ったもので、金を使ったんですよ。当然、領収証のあるような性質の金ではありません」

「それで?」

「封筒をひとつ」

「中を見ました?」

「封がしてあります。そちらに確認していただくしかありません。もともと、なんなのか俺は知らないんですから」

「わかったわ。お金は用意してあります。すぐ届けていただけるかしら?」

「いいですよ。三、四十分で」

電話を切った。

封筒に、糊付《のりづ》けはされていない。私は、ポラロイド写真を出した。露骨なものだろうと想像はしていたが、それよりずっとひどかった。一枚は伊吹綾子ひとりで、ポーズをとっているというようなものではなかった。もう一枚は、セルフタイマーを使ったらしく、上村との絡《から》みで、私が少年のころ、大人が見ていたのを覗いたことがある、というような写真だった。

もう一度、見たくなるようなものではなかった。私は封筒に写真を戻し、舐《な》めてしっかり糊付けした。

上村が糊付けしないで渡したのは、せめてもの男の意地悪さなのか、と思ったが、それも寒々としすぎていた。

ポケットに封筒を入れた。これで、三カ月分は稼いだ、とだけ私は自分に言い聞かせた。

第五章　道　草

1

金だけ貰《もら》って、お払い箱だった。

ちょっとした憐《あわ》れみと蔑《さげす》みが入り混じった視線で、どうしようもなく傷ついてしまうようなプライドは、心の奥底に押しこんでしまっている。お払い箱は依頼人の都合であり、私には責任などない。トラブルを解決してくれと言う時の依頼人は、自分で気づかぬほど憐れな表情をしていることもある。金を払う時に、その表情は大きく変る。恵んでやる、という感じになる時すらあるのだ。

気にしなかった。トラブルは、抱えている時は頭痛のタネでも、解決してしまうとなんでもないものになるのだ。依頼人に残るのは、秘密まで知られてしまったという腹立たしさと、金を持っていかれるという思いだけと言っていい。

この仕事をはじめた時から、感謝などということは期待しなくなった。

帰り道は、海沿いの道路だった。同じ高速道路で帰るのは芸がなかったし、なにより金と時間に多少の余裕があるのだ。

夕方になっていた。小さな旅館があったので、私は気紛《きまぐ》れに車を入れた。高速道路で二時間、このまま走っていっても四、五時間で東京に着くはずだった。仕事が終っていたら、かなり疲れていても私はそうしただろう。

「東京から？」

応対に出てきた中年の女は、私の車を見てそう言った。あとは、宿代を伝えただけで、なにも訊《き》きはしなかった。部屋に案内してくれたのもその女だったが、私の荷物を持とうともしなかった。

田舎街《いなかまち》にある、多分一軒だけの旅館なのだ。期待する方が間違いというものだった。

部屋で、私はしばらく海を眺《なが》めていた。椅子《いす》などなく、手すりのところが少し出っ張っているので、そこに腰を降ろした。

景色は悪くない。海にむかって右側が岩場で、海際《うみぎわ》のちょっと高い位置に旅館はあり、左側は防波堤《ぼうはてい》で囲われた小さな漁港だった。十数隻《せき》の漁船が舫《もや》われているが、人の姿はない。海鳥が舞っているだけだった。

声をかけて、中年の男が入ってきた。旅館の主人だという。厚手のカーディガンの下に、襟《えり》だけやけにピンとしたワイシャツを着ていた。額の真中《まんなか》が後退していて、顔は卵形だが、頰《ほお》は削《そ》げている。

私は煙草《たばこ》をくわえ、窓から離れた。

「この景色と魚だけが自慢なんですが、若い人は部屋に風呂が付いてて、ベッドがあるような部屋じゃないとね」

「長いのかい、ここ？」

「私の父親の代からでしてね。漁師だった爺《じい》さんの後を継《つ》がず、旅館をはじめたわけですよ。父親の考えでは、高速道路が通って発展するということだったらしいですが。よく考えてみれば、海際っていうのは余地がないから土地の買収が面倒《めんどう》だし、工事もいろいろと大変なんですよ」

喋《しゃべ》り好きの男らしい。お茶を淹《い》れて、私の前に差し出した。

「仕事で来られたんですか？」

「予定より早く終ってね。なんとなく、海際の道をのんびり走って帰ろうって気になった。波の音に包まれて眠るのも、たまにはいいかもしれないし」

「東京には、もう五年も行っておりませんねえ。変りましたかねえ」

そんな時代ではなかった。変ったと言えば、たえずどこかが変っているが、ほんとうはなにも変っていない。東京とはそういうところだ。

「懐《なつか》しいですよ」

東京に行こうと思えば、車でひとっ走りだった。いま時東京を懐しむのは、海外移住者ぐらいのものだろう。

男は、池袋や新大塚や品川の変りようを私に訊《たず》ね、改めてという感じで懐しんだ。それから、吉崎《よしざき》と最後に名乗って出ていった。

風呂は、家庭用のものを少し大きくしたぐらいだった。風呂に案内したのも食事を運んできたのも中年の女で、吉崎の女房らしい。

厨房《ちゆうぼう》に入っているのは吉崎で、意外に手のかかった料理が出てきた。魚は生きているようだと思ったら、実際にまだ生きていた。

「自分で、釣《つ》ってくるんですよ。うちも釣りのお客さんが多くて、船を仕立てられたりすると、すぐに便乗してしまうし」

「俺《おれ》は、駄目《だめ》だな。短気っていうんじゃないが、飽きっぽい。同じところにじっとしてられないだろう」

女は酌《しやく》をし、それ以外の時はずっとそばに座っている。食事が終るまで、そうしている気のようだった。私は頼んでいた銚子《ちようし》を二本空けると、すぐにめしにかかった。なんとなく落ち着かない。

私が食い終えるとすぐに、女は食器を廊下へ下げ、蒲団《ふとん》を敷いた。それで女の仕事は終りということらしい。

「鍵《かぎ》はかけませんから」

玄関が何時まで開いているのか訊いた私に、女はただそう言った。

私は、しばらく蒲団に寝そべっていた。波の音などと言ったが、陽《ひ》が落ちて静かになると、耳につくほどうるさいのだった。テレビは、百円入れないとかからないようになっていた。眠くなるはずもない時間で、こんな場所に寄り道をしたことを、私は後悔しはじめていた。

このところ、仕事はかなりあった。躰《からだ》がひとつなので、二件同時には受けられないが、進行中の仕事が片付くまで待つという、すぐには信じられないような申し入れまであった。別に私が人気者になったわけではない。ひと月近く、仕事がない時もあるのだ。

お払い箱になった仕事は、愛人の女を連れ戻してくるというものだった。依頼人は四十九で、愛人は十九だった。二十一の男の部屋にいた。同じ歳頃《としごろ》で、満足できるところもあれば、できないところもある。満足できない部分をくすぐっていくしかない、と私は考えていた。金がない。寛容さがない。いざとなれば、腰を据えて大人とやり合う気もない。四日あれば、躰だけでなく、気持まで連れ戻せるはずだった。

あっさりと、女は帰ってきた。マンションの家賃を払う時期で、若い男にはそれを払う気などないとわかったら、さっさと四十九の禿頭《はげあたま》のところへ戻ったのだ。

大人が子供にふり回されたというだけの、ちょっと索漠《さくばく》としてしまうような話だった。

私はただ、東北の山間《やまあい》の街に出かけていったというだけのことになった。入るべき金は入ってきたので、子供にふり回されたのかどうか、自分でもはっきり決めることはできなかった。その中途半端《はんぱ》な部分が、私に道草を食わせたと考えてよさそうだった。

私は蒲団から起きあがった。このままでは、眠れそうもなかった。革ジャンパーを着こみ、玄関の下駄箱《げたばこ》の中から靴を捜し出して、外へ出た。

小さな街だと思ったが、歩くとかなり時間がかかった。海沿いの通りの、もうひとつ奥に入ったところに街のメインストリートがあり、そこに商店が並んでいた。目ぼしい通りは、それだけしかなかった。路地に入ると、そこは大抵《たいてい》は住宅で、まるで他人の庭に入りこんだような気分になってしまう。路地があっても、私は覗《のぞ》くだけにした。

赤提灯《あかちょうちん》がぶらさがっている、いくらか広めの路地があった。入っていくと、バーも三軒並んでいた。どうやら、この路地が街の飲み屋街らしい。

意外に、赤提灯の店は、すべての席が塞《ふさ》がっていて、私の入る余地はなかった。バーの一軒を選んで、私は入った。

カウンターは塞がっていて、二つあるブースのひとつに腰を降ろした。女が二人いた。カウンターの中は、若い男だ。座るスツールがなく、立って喋っていた女が、躰を押しつけるようにして、私のそばに腰を降ろした。

「潮鳴館のお客さんね」

「よくわかるな」

「夏には、民宿をやってるとこが七、八軒あるけど、いまよその人が泊るのはあそこだけだから」

「確かに、潮鳴館だよ」

飲物をなににするか訊かれ、私は水割りと答えた。

「ボトルキープした方が、安いわよ。どれぐらい飲むかだけど」

値段を訊くと、予想したよりずっと安い金額の答が返ってきた。よそ者から多く取るというほど、よそ者は多くないらしい。

「ボトル。そしてオン・ザ・ロック」

女が、大声でカウンターに註文《ちゆうもん》を通した。

「釣り？」

「いや、通りがかりだ」

私が言うと、女が笑った。一応は化粧《けしよう》をしてきたという感じで、年齢も四十近くだろう。もうひとりの女は、ちょっと若い。

「この街は、ほとんど漁師か？」

「まさか。本職の漁師は、二十人ぐらいのもんよ。山の方には田圃《たんぼ》や畠《はたけ》があって、農家も結構ある。だけど、大抵はほかに仕事をしてるわね。朝なんか、通勤の車でそこの道、混むこともあるんだから」

ここから少し行ったところに、そこそこの規模の地方都市がある。通勤するとしたら、そこへだろう。製薬会社と家電の工場もあり、五万トンの船が入れる港もあるらしい。泊るなら、そちらの方がずっと便利だろうが、そういう積極的な気持が動かなかった。

「お客さん、どんな仕事してるの？」

「セールスマンさ」

「嘘《うそ》。セールスマンは、そんな恰好《かっこう》はしてないわよ」

「そりゃ、売るものによる。俺はちょっと複雑なものを売ってて、スーツにネクタイじゃ仕事にならないんでね」

「この街でも、仕事するの？」

「いや、多分、需要はないだろう」

「そうよね、死んだみたいな街だし」

女が、声をあげて笑った。客が喋っているのは、ほとんど人の噂《うわさ》のようだ。つまり、街の社交場というわけなのだろう。

「カラオケがないな」

「好きなの？」

「いや、助かった。酒を飲みたいんで、唄を聴きたいわけじゃない」

「寿司屋《すしや》とか、磯料理《いそりょうり》の店とか、そういうところね。宴会やるところよ、カラオケは。それに、ボックスも二つあるし」

何杯目かのオン・ザ・ロックを口にしていたが、索漠とした気分は消えていなかった。女も、飲みはじめている。この気分のまま、酔うしかないだろうと私は思った。気紛れな道草の夜とは、この程度のものなのだ。

ボトルを半分ほど空けたところで、私は腰をあげた。

「ちゃんと、旅館に帰って寝るのよ」

見送りに出てきた女が言った。私は片手をジャンパーのポケットから出して、振った。路地の奥へ歩いていく。バーがあるが、入ろうという気は起きてこない。左へ曲がったり右へ曲がったりしているうちに、方向を失った。どう迷おうと、海にむかって歩き、海沿いの道に出れば、旅館に帰りつける。

カラオケ・ボックスの前を通り、別の路地へ曲がろうとした。男が二人、揉《も》み合っていた。そちらへ踏みこんでいったのは、男のひとりが吉崎だったからだ。相手は、二十そこそこにしか見えないチンピラで、吉崎の胸ぐらを摑《つか》みあげている。

「やめとけよ、坊や」

私が言うと、男はふりむき、顎《あご》をしゃくってあちらへ行けという仕草をした。吉崎は、怯《おび》えたような眼で私を見ている。

「子供が、大人を苛《いじ》めるもんじゃない」

「俺をガキ扱いして、喧嘩《けんか》を売ろうってのかよ、おい」

「ガキ扱いじゃない。ガキだと言ってる。大人は、ガキのわがままを、多少は許すが、本気になると、そんなわけにはいかんよ」

「大人の喧嘩を、見せてくれようってのか」

男が、吉崎の胸ぐらから手を放した。私にむかってくる。手がのびてきた。ふり払い、男の頰に平手打ちを一発食らわせた。

「てめえ」

男が、顔色を変える。

「お仕置は終りだ。帰って寝な、坊や」

叫び声。男の拳《こぶし》を、顔すれすれで避け、擦《す》れ違いざまに、膝《ひざ》を下腹に突きあげた。男が前屈《まえかが》みになろうとする。三発ほど顔を下から突きあげるように打った。躰がのびた男の股《こ》間《かん》を蹴《け》りあげ、倒れかかってくるところを肘《ひじ》で弾《はじ》き飛ばした。仰《あお》むけに倒れ、男は動かなくなった。

やりすぎている。最初に膝を突きあげた時から、それはわかっていた。躰が動いてしまった、ということではない。残酷《ざんこく》な気分が、突然滲《にじ》み出してきたのだ。

「行こうか」

私は、吉崎に声をかけた。

2

別室で、朝めしを終えた。

そこからも、海が見えた。晴れているが、海から太陽が昇る時間、私は眼醒めなかった。日の出を見ようという趣味もない。

朝の海は、どこか暗い色を帯びていて、そのくせ光を照り返している。私は、手すりのところに腰を降ろし、しばらく眺めていた。港には、漁船が二隻いるだけだ。あとは早朝に出漁したのだろう。

沖の方で舞っていた海鳥が、海面に突っこみはじめた。小魚が追われて、上へ逃げてきているのだ。風の具合なのか、けもののような啼声《なきごえ》もよく聞えた。

まとめる荷物などなかった。このまま車を転がして東京へ帰れば、いつもの日々が待っている。嫉妬《しっと》に狂った男の話を聞いたり、人を尾行したりする生活だ。仕事があるかぎり、悪くはなかった。

階段のところを通ると、下からしわがれた声が聞えてきた。ここに泊ってるとしか思えねえんだがな。そんなことを、静かな声で言っている。静かさに、かえって凄味《すごみ》があった。

私のことだろうと思い、下に降りていった。

玄関に、老人がひとり立っている。

眼が合った。老人の表情はまったく変らず、視線も動かなかった。筋者《すじもの》だった。老いぼれて牙《きば》の抜けたライオンでも、そばにいるような気分になった。

「ちょっとばかり、いいかね？」

視線を動かさないまま、老人が言った。

「俺は、川合《かわい》という者《もん》だが、きのうのことで話があってね」

私は、応対していた吉崎の女房に、もう一日泊ると告げ、靴を履《は》いた。

「やくざじゃねえな、あんた。そんな匂《にお》いはしねえ」

「違うよ」

歩きながら、私は言った。川合の歩き方は、歳相応《としそうおう》の老人の速さだった。別に急ぐ気もないらしい。

「やり方は、やくざだな。森田《もりた》は、身動きできねえで寝てるぜ」

「まったく、ガキってのは大袈裟《おおげさ》だな」

川合は、港の方へ私を導いていった。コンクリートの上に砂でも撒《ま》いてあるように見えるところがあったが、そばへ行くと網《あみ》が拡げて干されているのだった。小さな建物のところの椅子で、老人がひとり居眠りをしている。干した網を踏まないように避けながら、川合は防波堤の突端にむかって歩いた。そこには、赤い灯台があった。

灯台の下の、三段ある階段の一番下に、川合は腰を降ろした。くわえた煙草に火をつける。ジッポを使っていた。

「この街に、やくざらしいやくざはいねえ。だけどこの先のA市にちゃちなのがひとつあってな。二十人ばかり組員がいる。この街のチンピラで、そこの事務所に出入りして、この街で支部だなんだと言ってるのが、三人いてな」

「あんたが、その三人をまとめてるってわけか？」

「A市の組長に、そいつらのことを俺が頼まれた。組長ったって、俺から見りゃ嘴《くちばし》の黄色い若造だが」

「それじゃあんたは、きのうのガキの落とし前をつけにきたってことだね」

「落とし前ってのは、やくざ同士でやることさ。喧嘩でやられたんなら、やられた方がだらしがねえってことだ」

私も、川合のそばに腰を降ろし、煙草をくわえた。川合が、ジッポの火を出してくる。こんなところは、やはりジッポが一番だろう。しかし、川合が使っていると、奇妙な違和感があった。着流しで拳銃《けんじゅう》を握っている。言ってみれば、そんな感じだ。

川合は痩《や》せていて顔の皺《しわ》が深く、しかし漁師のように潮灼《しおや》けはしていなかった。どちらかというと、顔色が悪く見えるほどだった。

「森田は、あんたにいきなりぶん殴《なぐ》られたと言ってたが」

「いきなりじゃないな。ガキとかなんとか、言い合いをしたよ。胸ぐらを摑もうとしてきたんで、ふり払ってビンタを食らわせた。それで帰って寝ろと言ったが、そうする気はなかったようだ」

「そりゃ、寝るわけにゃいかねえだろうな」

「あのガキが、大人ってもんをよく知ってたら、そうしたはずだ。大人の怕《こわ》さを教えてやるのも、あんたの仕事じゃないのか？」

「そんなことは、自分で知るだろうさ」

「ガキの喧嘩に出てきてる馬鹿親って感じが、いまのあんたにはある」

私が言うと、川合は口もとだけで笑った。

「問題は、森田の仕事を、あんたが邪魔したってことなんだ」

「吉崎の胸ぐらをつかんで、壁に押しつけてたが、それがあいつの仕事かい？」

「まあな。潮鳴館と、いろいろ交渉することになってる」

「交渉ねえ」

私が笑うと、川合もかすかに笑った。さすがに、防波堤の突端は、かなり風があった。

私は煙草を海に弾き飛ばしたが、川合は丁寧《ていねい》に消して、ポケットの袋に入れていた。

「交渉のやり方なんか、俺には関係ねえ。どうしろと言ったこともねえ」

「しつけのしてない犬を、街の中で放すようなもんじゃないか」

「まあな。殴ったり蹴ったり威《おど》したりっていうのが、やくざの特権だと思ってる連中だ。要するに、なにも知らねえ。そういうのに、素人《しろうと》相手の仕事をやらせるのは、どうかとも俺は思う」

「つまり、A市の嘴の黄色い組長が、やらせているわけだ」

「早く、潮鳴館を追い出せとだけ言ってる。やつらの頭じゃ、旦那《だんな》を威すぐらいのことしか浮かばねえんだろう」

「警察沙汰《けいさつざた》になるぜ」

「いろいろとあってな。多分、ならねえよ。あそこの旦那にも、叩《たた》けばまずいことがいろいろとあるのさ」

「素人だろう?」

「素人ってのも、いろいろやるよ、いまは。素人だから怕い、というところもある」

吉崎がなにをやっていようと、私には関係ないことだった。殴られかけている場面に行き合わせた。だから、ちょっと助けた。それだけのことなのだ。

「そんなことは、どうでもいいんだ。俺は、あんたとちょっとばかり話してみたくてな。若い時分にゃ、俺も荒っぽいことは結構やった。あんたのやり方を森田から聞いた時、なにか感じたよ。思い出したのかもしれねえ。とにかく、あんたと喋ろうと思った」

「いま、喋ってるじゃないか」

「俺は、森田を殴った時のあんたの気持の中を、聞いてみてえと思ったんだよ」

「どういうことだい？」

「ただ男気を出して、吉崎の旦那に絡《から》んでる若造をぶちのめした、とは思えねえんだな。それだけだとしたら、やり過ぎてる。俺の経験から言うと、やり過ぎる時ってのは、大抵屈託を抱えてんだよ。てめえが腑甲斐《ふがい》ないと思ったり、なにかに頭に来てたり、自分じゃどうにもならねえことに眼をつぶろうとしてたり。あんたはそんな気持を、森田にぶっつけたんじゃねえのかい？」

「当たってるような気もするな」

「そうなのかい、やっぱり」

「自分をぶん殴るような気持だったのかもな。もっとも、はっきりそれを自覚しちゃいなかった。あんたに言われて、そうかもしれないって気になった」

なにかにひっかかっていたのだろう、と私は思った。お払い箱になった。そんなことが、いままでなかったわけではない。恵んでやる、という感じで金を貰った。それも、相手に払わなければならない義務があったからだ。

何年かこの商売を続ける間に、そういうことに馴《な》れてしまい、そういう自分にふと嫌気がさした。

秋の終り。つまり季節がよくなかったのかもしれない。それも違うような気がする。

「自分を、ぶん殴ってたか。そいつはいい。しかし、それで気が済んだのか？」

「かえって、いやな気分になってるね」

「もうちょっと、すっきりしてえとは思わねえか？」

「あんたを、殴れとでも言うのかね？」

「俺はもう、荒事《あらごと》からあがっちまってる。六十九だよ。十年前に、引退したつもりだ。それが、後藤《ごとう》の野郎は恰好だけ、俺を立てやがる。やらしてるのは、三ン下《さした》の尻拭《しりぬぐ》いだ。金を出してるわけでもねえ。盆暮に、酒を届けさせるだけさ」

「名誉職ってやつだね」

「俺はこの街で、靴屋をやってる。売れるのは、子供のスニーカーとか、サンダルとかばかりだけどな。革靴なんか、並べてたって腐りゃしねえ。つまり、堅気《かたぎ》の商売よ。それが、森田みてえな三ン下が出入りするんで、誰《だれ》も堅気と見やしねえ」

「川合さん、家族は？」

「女房がいる。まだ三十代でね。俺がくたばったら、靴屋を飲み屋にでも変えるつもりだろうよ。二人目の女房でな。山形に嫁《とつ》いでる娘の方が歳上で、おかしな具合になってやがるよ」

「そりゃ、極道だね、川合さん」

「まったくなあ。ここは、俺が生まれた街だが、ガキの時分に飛び出して、戻ってきたのが十年前だ。誰も俺を堅気として扱わねえのは、当たり前だと思う。だけど、やくざならちゃんとしたやくざとして扱って貰いてえと思う。三ン下の三人だって、俺を馬鹿にしてやがるよ」

川合は、ゴミの浮いた海面に眼を落とした。私と話をつけることで、A市の組長に認めさせようとしている、とも思えなかった。

「思い出すんだよ。肩で風を切ってたころをよ。後藤にしろほかのやつらにしろ、出るところへ出りゃ、俺が一端《いっぱし》のやくざだったなんてのは、想像してもいねえ。後藤の昔の親分《おやじ》の舎弟のひとりだった。それぐらいしか知らねえさ。俺がひと睨《にら》みすりゃ、若い者《もん》はふるえあがった。そのころ、後藤なんてのは中学にも行ってねえ」

「それで」

「俺は、昔、俺がどうだったのか、後藤にわからせてやりてえんだ。あんたはあんたで、なにか爆発させたいものがあるんだろう。それがうまく嚙《か》み合えば、後藤に頭も下げさせられる」

「やくざは、信用しないことにしてる。それに関りたくもない」

「森田を、ぶちのめしたじゃねえか。それでいま、こうして俺と喋ってる」

「森田は、仕事でやってた、と言ったね」

「そうさ。そのあたりで、あんたはまずいことにもなりかねねえ。それを、まずくねえように、二人でしようじゃねえか」

面白《おもしろ》そうだ、となんとなく思った。やくざに、こちらから関ったことも確かで、このまま車で逃げてしまうことの方が、後々かえって面倒かもしれなかった。

「あんたさえ肚《はら》を決めてくれりゃ、あんたは何事もなく街を出られるし、俺は後藤のガキにひと泡吹かせてやれるし、潮鳴館の旦那は助かるってことになる」

それには、材料が必要だろう。川合は材料を持っているのか。それの使い道も心得ているのか。

「話し合おうじゃねえか。それでお互いやれると思ったら、手を組んでやろう」

川合は、まだ海面を見ていた。流れの具合なのか、一カ所にゴミが集まっている。

「名前、聞いてねえよな」

「浅生《あそう》だ。東京で、探偵をやってる」

「いいねえ。やっぱり、素っ堅気ってわけじゃねえんだ」

川合が笑った。私も、ゴミが揺れている海面に眼をやった。

3

やることは、手早く片付けた。

森田の借りている部屋へ行き、看病している弟分に三発ほど食らわせた。森田をこういう目に遭《あ》わせた男だと思ったからなのか、抵抗はせず、いくらか怯えているようでもあった。

私は森田のそばに座りこみ、しばらく話をした。一時間後には、書きつけに拇印《ぼいん》を押させ、手に入れるものも手に入れた。森田も、弟分も泣いていた。よく見ると、まだ子供なのだ。

それから、商店街の食堂でカツ丼《どん》を食い、港の方に行って、漁から帰ってくる船を眺めた。船は次々に帰ってきて魚を揚げ、ひと時だけ港は活気に満ちた。揚げた魚は、箱に詰められたりして、水を流したコンクリートに並べられはじめた。

私は、潮鳴館に帰った。

吉崎の女房が、帳場《ちょうば》からちょっと顔を出しただけだった。

部屋に寝そべり、天井を見あげた。私のやっていることは、ほとんど自殺行為に近いようなことだったが、あまり考えないようにした。誰のためでもない。自分のプライドのためですらなかった。

自分を苛めてみたい。そんな気分になることがある。夏なら、沖にむかっていつまでもただ泳ぎ続ける、というようなことをやったかもしれない。実際に、一度似たようなことをやったのだ。

玄関で、大声が聞えた。

川合だった。私は、誰かが呼びに来るまで、躰を起こさなかった。吉崎の女房が、声をかけてくる。襖《ふすま》を開けようとはしなかった。

玄関の横の洋間に、川合は通されていた。大芝居を打っているという緊張が、全身に漂っていた。私は、テーブルを挟《はさ》んで、川合とむき合って座った。ショートピースに火をつける。

「俺は、引き退《さ》がらねえぞ。うちの若いのは、寝こんじまってるんだ」

芝居がかった大声だった。

「ここの主人も、呼んで貰おうじゃねえか」

川合が、テーブルをどすんと叩いた。大した迫力だが、最初に会った時の方が、ずっと凄味はあった。

「待てよな、爺さん」

私も、芝居に付き合って言った。

「俺の方も、言いたいことがある。潮鳴館の経営者を呼ぶのは、それからでいい」

吉崎は、怯えてどこかに隠れているのだろうか。無表情で茶を運んできた女房の方が、ずっと度胸は据っているように見える。

私はそれから、十分ほど川合と小声で話合った。

「馬鹿なことを言うんじゃねえ」

川合が、吠《ほ》えるように言う。その声だけは、旅館じゅうに響き渡ったはずだ。

川合が立ちあがり、部屋を出ていった。私は、冷えたお茶を口に運んだ。

吉崎が、顔を出した。眼がおどおどしている。

「きのうのことですか？」

「あれは、今朝、川合って爺さんと話がついた。別のことさ。いずれにしても、あんたがこれ以上悪くなることはない。最悪の状態だもんな」

吉崎が、顔を伏《ふ》せた。

「また、来るよ、連中」

「連中？」

「川合の爺さんひとりじゃないってことさ」

「まさか、A市から？」

「とにかく、しばらく待とうじゃないか。どんなのが来るか、愉《たの》しみだよ」

「お客さん、もしかすると、面白がってるんですか。冗談《じょうだん》じゃないですよ」

「そう、冗談じゃない。これから現われるやつに、そう言ってやれ」

「あたしはね、平和に暮してるんですから。それを、勝手に乱されちゃ困るんですよ。土足で踏み荒らすようなことをされちゃ」

「やくざの博奕《ばくち》に手を出したの、あんたじゃないのか？」

「それは、負けを払えば済むことですから」

「そうだよな。ここを出ていけば済む。だけど、平和に暮そうにも暮す場所がなくなっちまう。違うか、吉崎さん？」

「最後は、警察に頼めばいいんですから」

「なら、はじめからそうするさ。いまからだって、遅くない」

「お客さん、どういうつもりなんですか。それだけ、聞かせてください」

吉崎は、部屋の入口に立ったままだった。

「あんたには、関係ないんだ」

私は、自分を危険なところに立たせてみたいだけだった。沖にむかってただ泳いでいく。それと同じようなことを、している。

「あんた、これからも怯えて暮し、ずっとやくざから金を搾《しぼ》り取られるのか」

「死ぬよりはいい」

「死んだ方がましさ」

「お客さんに、そんなこと言われたくないね。出ていってくれ。あんたがいると、あたしらまで危険な目に遭う」

「俺と川合って爺さんがやり合ってるだけだ。あんたが止める筋合いでもないんだ。開き直ってみろよ、どうにでもなれって」

「そんな」

「やくざってのは、そういう開き直りには弱い。そう思わないか。怯えるから、かさにかかってくるんだ。とにかく、俺はいま、ここを出ていけないよ。やつらが来て、俺がいなかったら、それこそあんたが迷惑する」

吉崎は、なにか言おうとしたが、言葉が出てこないようだった。口だけ、二、三度動いた。

「これ以上悪くならないっていうのは、ほんとなんだから」

女の声がした。

「お客さんがおっしゃる通り、待ってりゃいいのよ。あんた、この十日ばかり、チンピラに苛められっ放しじゃないの」

女房に押されるようにして、吉崎は部屋の中に進み、椅子に腰を降ろした。

「東京じゃ、博奕なんかできる男じゃなかったんですよ。気が小さくて、外じゃちょっとお酒を飲むぐらいだった。この街へ戻ってきたら、旦那ですからね。突然そうなって、気が大きくなって。チンピラも、旦那、旦那って誘いにきますし、なんとなくその気になったんですよ、この人」

言って、女が声をあげて笑った。

「で、負けはどれぐらい？」

「四百万だか、五百万だか。そんなことを言ってきてます。この人、自分がどれぐらい負けたかも、はっきりわからなくて」

「それぐらいの金で、旅館を寄越《よこ》せか」

「警察に訴えれば、ここで博奕をやったこともわかってしまいますしね」

「ここで？」

「二回ほど、場所を貸したんですよ。旦那お願いしますと頼まれて、いい気になって。十万ずつ、お金も受け取りましたし」

「ここで負けたわけじゃないんだな」

「自分じゃやらないなんて言ってながら、この人」

吉崎は、やはりうつむいているだけだった。何本目かの煙草を消し、私は腰をあげた。

「俺は、部屋で待ってる。川合の爺さんが来たら、呼んでくれ」

部屋に戻ると、私は海を眺めた。港の活気は、もう消えていた。人の姿もほとんどない。少年が三人、防波堤で釣りをしているだけだった。

沖にむかって、どこまでも泳いでいく。そんな気分は、まだ続いている。

座蒲団を枕にして、横たわった。うとうととしたようだ。

躰を起こし、時計を見た。四時を回ったところだった。光線の具合なのか、海面がキラキラと光を照り返している。静かだった。波の音に、すっかり馴れてしまっている自分に、私は気づいた。

今夜は、音があまり気にならないかもしれない。酒を飲みに出ることもないだろう。

玄関のあたりで人声がしたのは、それからしばらくしてからだった。呼ばれる前に、私は腰をあげた。

四十ぐらいの、痩せた男だった。きちんとスーツを着てネクタイを締めているが、堅気には見えなかった。

「後藤って者《もん》です。叔父《おじ》といろいろあったそうで、あっしが出張《でば》って話した方がいいだろうってことになって」

吉崎の女房が出てきて、どうぞ、とひと言《と》いった。川合と、もうひとり三十ぐらいの男が一緒だった。外には、黒塗りの車が駐めてある。

応接用に使われているらしい、洋間でむかい合った。

「大体のことは、川合さんに話しましたがね。必要なら、もう一度話しましょうか？」

「話は、結構ですよ。問題は、ブツをお持ちかどうかってことです」

後藤の手の小指は、両方とも先が欠けている。もうひとりの連れの方は、金のブレスレットをいじっていた。

いい眼をした男だった。やくざには、時々こういう男がいる。人を威嚇《いかく》するような眼ではなく、弾き返すような感じの眼だ。

私は、革ジャンパーの内ポケットから、サイコロを二つと書きつけを出した。

「単純ないかさまだな。細工したサイコロだけだ。こんなの、いま時流行《はや》りませんよ。大体、サイコロの博奕そのものが、もう古くさくなってる」

後藤は、しばらくサイコロを見つめていた。視線をあげた時、私の眼とぶつかった。

「譲っていただけますか、これを？」

「条件によりますね」

「おたくさんの命《タマ》ひとつ。それで、どんなもんでしょう？」

殺すと、いきなり言われたようなものだった。後藤は、眼をそらそうとしない。私は、ショートピースに火をつけた。

「命ひとつで済むようなことを、なんで俺がやらなきゃならないんです。はじめから、なにもしなかったのと同じことだ」

「そうですね。だけど、うちへ出入りしてる若いのを、二人ばかり殴ったでしょう」

「殴りましたよ、確かにね」

「殴り得ってことですよ。ほんとなら、ただじゃ済まない」

「殴り損だな。好きで殴ったわけじゃないし」

「はじめっから、すべて知ってて、やったわけじゃないでしょう？」

後藤は、私の名前も訊こうとしなかった。私は、煙草の煙《けむり》を吐《は》き続けた。

「とにかく、こんなサイコロが出てきた。おたくの賭場《とば》で、時代遅れのいかさまが行われたってことですよ」

「仕方がないですね。それじゃ、命をいただくことになりますが」

口調は丁寧だが、それだけに無気味《ぶきみ》でもあった。

「年寄りが口出しすることじゃねえような気もするが」

痰《たん》が絡んだような声で、川合が言った。

「あんまり仁義にはずれねえ方がいいぜ、後藤。やっていいことと悪いことが、あるだろうが」

「うちも、面子《メンツ》ってやつがありますよ、叔父さん。それが潰《つぶ》れりゃ、一家なんて張れはしませんぜ」

「後藤」

川合が怒鳴《どな》った。迫力のある声だった。

「いかさまやったってのが、面子を潰してることになると、おまえ思わねえのか。面子がどうのってぬかすなら、いかさまの方もきっちり話をつけた方がいいんじゃねえか」

後藤についていた男が、手で川合を押さえるような仕草をした。

「どいつもこいつも、小さな面子しか考えてやがらねえ」

しばらく、沈黙の時間が続いた。後藤の眼は、私を見つめて動かない。

「お訊きしますが、おたくさんの命以外、ほかになにをつけりゃよろしいんでしょう？」

「いかさまで負けた、ここの旦那の借金は帳消しにしてくれませんか？」

「えっ、借金？」

後藤の眼は、動かなかった。

「そんなもんが、どこにあります。第一、博奕なんてやられていなかった。そんな事実はないんです。だから、借金なんてもんも、あるはずはないです」

「そうだ、後藤。組の面子は、そうやって守るもんだ」

「博奕なんか、なかった。あっしは、それをはっきりさせたいだけなんです。そのために、サイコロを譲っていただきたいと申しあげてるんですよ」

「そういうことなら、持っていってください」

「いいんですか」

後藤は、まだ私を見つめていた。

「いや、叔父さんがいてくださったんで、大事にならずに済みました。お礼を申しあげます。引退した叔父さんを、こんなことで引っ張り出しちまったのも、申し訳が立たねえことです」

言いながら、後藤は私から眼をそらさなかった。

「水臭《みずく》せえことは言うな、後藤」

「あの三人には、きっちり始末をつけさせます。うちの看板使って、それに泥塗るようなことをしたんですから」

ようやく私から離れた視線が、テーブルのサイコロにむいた。

「ただ、もう指詰《エンコ》めるような時代でもねえんで、充分に反省させたあと、丸坊主にでもします。それで、なんとか許してやっちゃいただけねえでしょうか」

「許すも許さねえも、親のおまえがそう言うんなら、俺にゃ文句はねえやな」

「潮鳴館の旦那への話も、叔父さんにお願いしていいですか？」

「博奕なんてのは、はじめからなかった。つまり、なにもなかった。それでいいんだな？」

「ええ」

「この街のことだ。俺に任せろや」

後藤が一度、頭を下げた。付いていたひとりは、横をむいている。

4

部屋で、暮れていく海の方を見ていた。

「いいかね」

声をかけて入ってきたのは、後藤だった。

「叔父貴が、明日三人の頭を丸めちまうそうだ。もともと、うちの盃《さかずき》をやったやつらじゃねえ。どうだっていいんだがね」

後藤は、窓際に立っている私のそばに来て、海に眼をやった。

「危ないことをするね、あんたも。素人さんとも思えねえが、俺らと同類ってわけでもねえみてえだな」

「探偵やってましてね。時にゃ、きわどい橋を渡ることもあります」

「探偵さんね。仕事で、これをやったんかい？」

「いや。気紛れでね。ここの旦那、俺がなにをはじめる気なのか、怯えてましたよ」

「そうかい。仕事じゃねえか」

後藤は、海を見つめていた。

連れの男は、下にいるのだろうか。三人のチンピラが連れてこられ、外でしばらく話していたのは、連れの男だった。それから後藤は玄関に立って、三人がお辞儀をするのを黙って見ていた。

川合だけが、胸を張って偉そうにしていた。いかにも大根役者という感じだが、芝居はうまくいったのかもしれない、と私はその時思った。

「どういうもんかな」

「なにがです？」

「老いぼれちまうってことがさ。去年の暮に手術してから、叔父貴はすっかり老いぼれちまった。この街で靴屋やってる間は、よかったさ。退院してからだ、昔を思い出して、いろんなことをするようになったのは」

「まだ、威勢がいいですからね」

「おい、探偵さん。やくざを甘く見ちゃいけねえよ。叔父貴は、すっかり老いぼれちまってる。田舎芝居にもなってねえ芝居を、真顔で打つようになっちまってら」

芝居だということに、後藤ははじめから気づいていたのかもしれない、と私は思った。黙って、それに乗った。なにを意味するのか、深くは考えなかった。

「馬鹿どもが、いかさまをやった。そんなこたあ、叔父貴にしかわからねえんだよ。あんたが出てきていかさまがどうのって言ったところで、それは叔父貴から聞いたとしか思えねえ。俺がこの街まで来たのは、叔父貴を利用してる野郎がいるかもしれねえ、と思ったからさ。それなら、命《タマ》奪《と》るなり、半殺しにするなり、きっちりしなけりゃならねえ。ところがどうも、叔父貴があんたを利用してるって感じがあった」

後藤が、海から私の方へ眼を移した。

「世の中にゃ、馬鹿がいるもんだと思ったよ。平気で危《やば》いことをやってやがる。危いってことすら、わかってねえんじゃねえかと思った。ところが、それも違う。なんか、どうでもいいって感じなんだな、あんた」

「それで、殺されずに済んだわけですか」

「あんたみてえな眼をしてる男ってのは、危い。抗争《でいり》の時、平気で二人三人ぶっ殺すのは、そういうやつなんだ。俺は、昔から近づかねえようにしてた。自分を投げ出しちまうんだよ。なにやりはじめるか、わかったもんじゃねえ」

「むこうにむかって、泳いでるような気分になっちまいましてね」

私は、沖の方を指さした。

「島もなんにもないのに、どこまでも泳いで行く。体力がなくなるまでね。まったく、そんな気分でしたね」

「はじめから？」

「多分、酒を飲みはじめてから。森田ってのに会ったのは、かなり飲んでからでしたよ」

「おっかねえな。俺だって殴ったろうね、あんた」

後藤が、はじめて口もとだけで笑った。笑うと、口のあたりに下卑《げび》た線が浮き出してくる。笑ってなければ、苦み走ったというやつだ。

「あんたを見て、叔父貴も芝居を思いついたってとこか」

「味のある老人だって気はしますよ。皺が、よかったな」

「昔は、出るところへ出りゃ、そりゃ一端のやくざだった。俺なんか、そばにも寄れなかったね。子分《こども》も持たねえで、いつもひとりだったよ。親分《おやじ》と仲がよくてな。俺は、親分のおかげで、一家を張るところまでのしあがれたと言ってもいい」

私は煙草に火をつけた。後藤は喫《す》わないらしい。煙が、吸い出されるように、窓の外に流れていった。もう暗くなりはじめていて、港の入口の赤い灯台はその色もわからなくなり、ただ数秒おきの規則正しい光を放っているだけだった。波の音が、大きい。

「叔父貴は、親分の代りに、五年懲役に行ったんだよ。叔父貴が出所する前に、親分は死んだ。叔父貴は、親分のことを気にしてな。だから、俺は叔父貴を大事にしてきた。引退して靴屋をはじめる資金だって、うちで出したさ。手術するまでは、やくざ者とは付き合わないと言って、俺の出入りも止めてた。退院してからさ、いきなり昔を思い出したのも。あと半年ぐらいだろうが、あの三人を叔父貴につけて、せいぜい昔を思い出させてやろうと俺は思うよ」

「半年で、死ぬのか、あの人」

「それを、叔父貴は気づいたらしくてね」

私の指さきから、灰がポトリと畳《たたみ》に落ちた。持っていた灰皿で、私は煙草を消した。

「俺は、今夜東京へ戻りますよ。もう一泊するつもりだったけど、夜の道を走ってみたくなった」

「あんたが、叔父貴を利用してるんじゃなくて、よかったよ」

「俺も、荒っぽいだけの相手じゃなくて、命拾いしたみたいですね」

「別に感激もないような言い方をするね」

「ここの旦那も、助かった」

「やくざを、甘く見るなと言ったろう。俺はここの景色が気に入っててね。ここはいずれ、俺のもんだ。博奕の形《かた》で取れるなんて、はなから思っちゃいねえ。いろいろ打ってある手が、そのうち全部動きはじめる。まあ、叔父貴が死ぬのと、どっちが先になるかだな」

「家でも、建てるんですか？」

「いずれ、俺も引退するさ。ここに家を建てて、釣りでもしながら暮す。そんなのもいいじゃねえか」

「わかりませんね、俺にゃ」

「あんたがやくざだったら、ちょっと怕いね、探偵さん。およそ、引退したあとのことなんか、考えねえ男だろうからな」

「明日のことを、考えるのが先なんでね」

「もう会わねえだろうな」

「やくざさんと、もう一度会いたいと思ったことはありませんが、気がむけばここを通るかもしれない」

「やめときな。やくざはやくざさ。みんな同じだよ」

後藤は、片手をポケットに入れて部屋を出ていった。

明りをつけると、外の闇《やみ》が不意に濃くなった。波の音だけを聞いて、私は煙草を一本喫い、小さなバッグを持って腰をあげた。

帳場に降りて、キャンセル料を払おうとしたが、吉崎の女房はいらないと言った。一泊分は、きのう払ってある。

バッグをぶらさげて、老いぼれビートルのところまで歩いた。

吉崎が立っていた。相変らず、カーディガンの下のワイシャツの襟だけが、異常なほどピンとしていた。

「なんと申しあげていいか」

「釣りって、このあたりじゃどんな魚が釣れるんだい？」

吉崎が、一瞬戸惑《とまど》った顔をした。

「大抵の魚は。船を仕立てた時と、磯で釣る時とで、魚はずいぶん変りますが」

「釣りをしに来るにゃ、いいところみたいだ」

「あの、これを」

吉崎が、封筒を差し出した。あるかなきかの、わずかな自己嫌悪が、私を包みこんだ。

「靴を買いに行けよ、吉崎さん」

「そりゃ、もう」

「誤解しないでくれ。ほんとに、あんたに合わせた靴を買うんだ」

半年後には、この旅館は自分のものだと、後藤は言った。ほんとうのことだろうか。それとも、ちょっと照れてそう言ってしまったのか。

「じゃ」

しつこく差し出される封筒を押しのけ、私は車に乗りこんだ。エンジンをかけると、ようやく波の音が遠く小さくなった。ついでに、私はミュージックテープも押しこんだ。

吉崎の方は見ず、ライトスイッチを入れると、車を出した。

第六章　別　れ

1

拳《こぶし》が、眼の端をかすめていった。躰《からだ》に衝撃はなかった。浮いた、という感じがしただけだ。姿勢を低くした。それでも、

浮いたという感じは残っていた。

一発食らったのだ、ということがしばらくしてわかってきた。油断していたわけではない。殴《なぐ》り合いになるだろうな、という気がしていた時だった。次の瞬間には、躰が浮いてしまっていたのだ。

危険だということは、よくわかった。痛みも衝撃もなく、躰だけが浮いた感じになってしまっているのだ。私は、側頭部を手でガードした。左足を、前に出す。それで間合《まあい》だった。左を軸足にして右足を出せば、相手の躰のどこにでも届く。

踏みこんだ足を、払われた。私は尻《しり》から路面に落ち、とっさに頭を抱えこんで転がった。

腕を、一度靴がかすめた。

立った。男は静かに、私が立つのを待っていたようだ。特に構えてはいない。

私は一度肩を上下させ、大きく呼吸した。なにもしていないのに、すでに息があがりはじめている。躰が浮いた感じは、まだ続いていた。私は、男を見つめた。どこから攻撃してくるか。測れない。ただ立っているだけだ。私も、両手を降ろした。男が、躰を寄せてきた。拳。膝《ひざ》。かわしきれなかった。私も、肘《ひじ》を出していた。男がのけぞった。私の姿勢がどうなったのかは、よくわからない。

私は踏み出した。躰ごと、男にぶつかった。男の肘が、のどに来た。私は躰を密着させ、男を抱えあげようとした。眼の上に、弾《はじ》けるような衝撃があった。熱い。最初に感じたのは、それだった。視界が狭くなったような気がした。二発目の頭突《ずつ》きを、私は躰を離してなんとかかわした。右、左とパンチをくった。躰を寄せてきた男の拳が、ボディに食いこんでくる。私は腰を回転させながら肘を出した。額のあたりに当たったようだ。

離れた。踏みこむところだ、と思ったが、すぐに躰はついていかなかった。肩が上下している。汗も噴き出していて、顎《あご》の先から滴《したた》っていた。

男の方から、踏みこんできた。私は、眼をしっかり開いていた。左右のパンチ。たやすく見切ることができた。蹴《け》り、きわどいがかわせる。そう思ったが、脇腹《わきばら》に受けていた。

私が出した蹴りを、男は軽くサイドステップを踏んでかわした。次の瞬間、左右のパンチが来た。浅いが、顔面に入った。のけぞらせた頭の芯《しん》が、痺《しび》れたようになっている。

ここでやられてたまるか。そう思った。それ以外のことは、頭に浮かびもしなかった。踏みこむ。パンチを出し、蹴りつける。すべて、宙を切った。さらに踏みこみ、一発、相手の顔面に決めた。私は、ワン・ツーを貰《もら》っていた。

叫び声をあげ、私は頭から突っこんだ。男の胴に抱きつく。頭突きを受けないように、胸に額を押しつけた。それ以上どうしようもなく、私は男の躰を、ただ振り回した。塀《へい》にむかって、突っ走っていく。男の背中を、叩《たた》きつけた。男の躰から、搾《しぼ》り出されるように息が出てくるのがわかった。もう一度引き戻し、叩きつける。わずかに空《あ》いた隙間《すきま》に、男が肘をねじこんできた。構わず、私は塀に突進した。肘が、さらにねじこまれてきた。躰と躰の隙間に、男の左腕が入るような恰好《かっこう》になった。起こされる。頭突き。その前に、私は後ろへ跳《と》び退《すさ》った。男の右の拳が追ってくる。のけぞったが、首筋に浅くくらった。むき合った。男の肩が、はじめて上下しはじめた。私は、すでに口を開けて息をしている。

睨《にら》み合った。私の方が、先に踏みこんだ。左右のパンチも、蹴りもフェイントだった。最後に狙《ねら》っていた肘を首筋に打ちこもうとした時に、私は軽いカウンターパンチを貰った。気づいた時、倒れていた。跳《は》ね起きようとした。蹴りあげられた。掬《すく》うような動きをしてきた足を、私はしっかり見ていたが、よけきれなかったのだ。

仰《あお》むけに倒れていた。

私は転がり、なんとか上体だけ起こした。立たなければ、また蹴り倒される。しかし、脚が思うように動かない。顎のあたりを、私は肘で覆《おお》って護《まも》った。その時、男がすでにいないことに、はじめて気づいた。

仰むけに倒れこんだ。空が回っていた。やられたのか。自分に問いかけた。あっさりと俺《おれ》をぶちのめした相手は、口笛《くちぶえ》でも吹きながら立ち去っていったのか。

腹の中が煮えていた。いくら煮えくり返ろうと、私は仰むけで、人通りの絶えた夜の舗《ほ》道《どう》に倒れているのだった。

久しぶりだな、とふと思った。本気でやり合ってぶちのめされたのは、ここ十年なかったような気がする。若いころは、無謀《むぼう》だった。勝つか負けるかなど、考えないで殴り合いをしていた。それから、分別《ふんべつ》ができた。歳相応《としそうおう》の分別というやつだ。この稼業《かぎょう》をはじめてからは、要領よくやるようになった。本気でやっていたら、躰がいくつあっても足りはしないのだ。依頼人に見せるためだけに殴られて、危険手当を請求したことさえあった。

本気でやってこなかった、ということになるのか。少なくとも、殴り合いが私の稼業ではなかった。あくまで、そういう可能性も否定できない稼業である、というだけのことだ。本気にならなければならない局面は、もっとほかにあった。

私は、ちょっとだけ脚を動かした。それから、手を動かした。

それだけでひどくいやな気分になった。

しばらくじっとしていた。頭を持ちあげると、またいやな気分が襲ってきた。我慢して持ちあげ、上体だけ起こした。這《は》うようにして、塀に近づき、背中を凭《もた》れかけさせた。それでいくらか楽になったが、いやな気分は消えていなかった。

呼吸は鎮《しず》まっている。汗も急速にひきはじめている。気分の悪さだけが続いていて、躰を転がしたいような衝撃を感じるが、動けばさらに気分が悪くなることもわかっていた。

ぶざまなもんだ、と私は声に出して呟《つぶや》いた。眼を閉じて、じっとしていた。

私の仕事の邪魔をしたことで、あの男が私と同業らしいという見当はついた。同業ではなかったとしても、似たような稼業だろう。依頼人は、それぞれに違う。

私が受けた仕事というのは、金持の愛人の男関係を調べることだった。うんざりするほど、こういう類《たぐ》いの仕事は持ちこまれてきた。毎夜、男が女を尾行回《つけまわ》し、情事が想定できる確証を握る。やりたいものはやればいい、という思いが私の心の底にはあって、熱が入らないところがある。報酬《ほうしゅう》は少なくない仕事だが、自分を惨《みじ》めにしてしまうようなところもある。

ぶちのめされて、ちょうどよかったか、と私は思った。ぶちのめされる惨めさは、まさにストレートなもので、いつもの惨めさの中にある屈折もなかった。久しく忘れていた、惨めさだ。そして、溜《た》めこまずに、撥《は》ね返せる惨めさでもある。

私は、ショートピースをくわえ、ジッポで火をつけた。煙《けむり》がいっそう気分を悪くするかもしれないと思ったが、そういうことはなかった。むしろ、落ち着いた。

こういうことがあれば、ただの浮気の調査でも、気合は入る。女の男関係はほぼ割り出していて、あとは確証をひとつか二つ握ればいいだけのことなのだ。その前に、突破しなければならないことがある、と考えると、いつもの調査ではない、という気分になってくる。

煙草《たばこ》を消し、立ちあがった。

歩くと、やはり躰が浮いているような感じだった。ただ、真直《まっす》ぐ歩いてはいる。俺より、若かった。私は、相手の男のことを考えはじめた。度胸も据っていたし、喧嘩《けんか》のやり方も堂に入ったものだった。私と殴り合うタイミングと場所の測り方も、心憎《こころにく》いほどだ。

若造が、と私は呟いた。自分が若造だと思っていたが、もっとひよっ子がいる。しかも、私はそのひよっ子にぶちのめされたのだ。

眼の上が、熱を持っていた。口の中も、かなり切れているようだ。唾《つば》を吐《は》いた。色はよくわからなかった。

ようやく、車を駐《と》めた場所に辿《たど》りついた。ポンコツのビートルまで、私を嗤《わら》っているようだった。ちょっと荒っぽくシフトし、私は車を出した。

マンションに帰りつき、エレベーターに乗るころから、躰の方々に痛みを感じはじめた。エレベーターの中には、香水の匂《にお》いが溢《あふ》れていた。まったくおかしなマンションだ。時々、裸の上にガウンだけ羽織《はお》った女や、水着姿でマスクを付けた女などと、エレベーターに乗り合わせることがある。私は、一度壁を蹴飛ばした。エレベーターが揺れ、止まってしまいそうな感じになった。

部屋へ入ると、私は着ているものを全部脱いだ。バスルームに入り、頭から水を浴びる。暑い季節ではなかった。秋も終りというところだ。水を浴びながら、私は歯をカチカチと鳴らした。

十分近く、私は頭から水を浴びていた。それから、バスタオルを腰に巻いて、煙草を一本喫《す》った。窓からは、最近できたばかりの、超高層ビルの明りが、いまいましいほどきらびやかに見えた。

鏡にむかい、傷の点検をはじめた。眉《まゆ》の上が、切れている。そこからはかなり出血したようだ。消毒液で拭《ぬぐ》い、テーピングした。頬骨《ほおぼね》のところも、擦《す》り傷のようになっていた。腫《は》れがひどく、かなり熱も持っている。口の中は、どうしようもなかった。

それにしても、いい顔になったものだった。十五ラウンドを、立派に闘ったボクサーというところだ。それでも、私はノックアウトされたのだった。大の字に倒れ、たとえ殺されても、なんの抵抗もできはしなかっただろう。その姿を想像すると、小気味よくなるほどだった。

顔だけではなく、全身に内出血のあとはいくつもあった。とりあえず、大きなところだけ湿布《しっぷ》した。あとは、氷で冷やすぐらいのことしかできそうもなかった。

冷蔵庫から、氷を出す。ビニール袋に突っこんで、口を輪ゴムで縛《しば》る。ソファに腰を降ろし、熱をもっているところにそれを当てた。水を浴びたせいなのか、逆に躰が火照《ほて》ったような感じになっている。

私はトレーナーの上下を着こみ、ソファに横たわって、顔に氷を当てた。

眼を閉じると、殴り合いの場面ばかりが浮かんでくる。拳。蹴り。頭突き。空を切った自分のパンチが、どんなふうに姿勢を崩していったかまで、はっきりと浮かんだ。

煙草に火をつけた。天井に煙を吹きあげる。仕あげの段階に入っている仕事のことなど、ほとんど頭に浮かんではこなかった。仕あげをあの男に邪魔されたとしても、ぶちのめしてやれればそれでよかったのだ。

煙草を消し、氷をテーブルに放り出し、私は立ちあがった。構える。左、右と出す。踏みこんで蹴り。全身の筋肉が悲鳴をあげた。三度同じことをして、私はソファに倒れこんだ。息が乱れはじめている。私は、氷を顔に当てた。

2

「むこうの男が、用心棒を雇《やと》ったということか？」

私の依頼人は、私の顔を見てさすがに驚き、黙って、状況の説明を聞いた。私は、あの夜の事実だけを喋《しゃべ》った。

「状況をふり返れば、その可能性が強いと考えられますが、断定はできません」

「それしか考えられない、ということだろう。むこうの男の車に乗りこもうとする美枝子《みえこ》の姿に、カメラをむけたとたんに立ち塞《ふさ》がってきたんだろうが」

「俺の邪魔をしたことは確かですが、雇われていたという証拠はないんですよ」

「そうなにもかも、証拠が要るのかね？」

「俺の商売では、必要です。証拠は、言ってみれば商品みたいなもんで、口で報告することは宣伝文句というやつですよ」

「私は、ひとつだけ証拠があればいい」

「わかってます」

私の依頼人は、紳士的な男だった。紳士的に女と別れるために、証拠を必要としているのだ。多分、手切金の額がひと桁《けた》小さくなるのだろう。そのために払う私への報酬など、わずかなものに違いない。紳士というのはこの程度のものだから、気を許さない方がいい、ということも経験上知っていた。

「相手の男には、用心棒を雇う程度の金はある、ということなのかな？」

「わかりませんね。車は、ドイツ車に乗ってました」

「ベンツ？」

「いや、オペルでしたね。それほど磨きたてもせず、さりげなく乗ってましたよ」

私の依頼人は、運転手付きのベンツに乗って、報告を受けにやってくる。仕事のために移動する途中で、ちょっと知り合いに会うとでもいう恰好だ。

「とにかく、危険な仕事になったということだな。最初に、君は手当のことを言ってたが」

危険な事態が発生したら、別に危険手当を請求する、と最初に私はいつも言っておく。こういう状態になることは、そうめずらしいことではないからだ。殴られなくてもいい状況で、わざと殴られて顔に痣《あざ》を作り、なにがしかの危険手当を手にしたこともある。

「いりませんよ」

気持とは別の言葉が、私の口から出ていた。今朝、部屋を出る時までは、鏡を見ていくらぐらいの危険手当が請求できるか、頭の中で計算していたのだ。

「しかしね」

「これぐらいじゃ、俺の商売に付きものの危険とは言えないんですよ」

「かなりの怪我《けが》をしているように、私には見えるがね」

「骨折、刺《さ》される、切られる。こんなのは、危険に入ってきます。殺されるのもね。これだけ殴られるというのも、危険と言えば危険ですが、殴り合いですからね。避けようと思えば避けられたのに、俺が望んでやったというところはあるんですよ」

「今後も、殴り合いをする可能性はあるわけだろう？」

「多分ね。そういうことになるでしょう」

「それなら、最初の話と変ってくる」

「いいんですよ。危険手当というのは、あくまで客観的なものでしてね。とにかく、あさって、報告を入れます」

私は、腰をあげた。今日は、美枝子という女は、私の依頼人に会う。だから一日、私の仕事はないと言ってよかった。

私は車を転がして部屋へ戻り、しばらく室内で躰を動かした。筋肉の痛みはいっそうひどくなっているが、いまが山だということは、なんとなく感じでわかった。全身から汗が噴き出してくるまで、私は躰を動かし続けた。それから水を浴び、湿布を替えた。

昼食時だった。口の中の傷は、あまり痛みを感じない程度になっている。昨夜から、私は水しか飲んでいなかった。

歩いて五分ほどのところにあるコンビニエンスへ行き、肉とニンニクと握り飯をいくつか買った。

ニンニクは、厚目にスライスして、肉に挟《はさ》みこんだ。それでゆっくりと焼く。丸ごとひとつニンニクを使ったので、焼いているうちから強い匂いがたちこめてきた。およそ二百グラムほどの、ステーキ用の肉だ。二枚ある。ニンニクに熱が回ったのを見計らって、二枚を別々にし、焼けていない方を強火で焼いた。ものの数十秒だ。ニンニクは、狐色《きつねいろ》に焦《こ》げていた。肉も、中にまで熱が回ったレアになっている。

ビールで肉を一枚食い、握り飯で二枚目を食った。

食欲は、落ちていない。口の中の傷も、それほど気にならない。

食後一時間ほど、私は顔に氷を当てていた。腫れは、いくらかよくなったような気がする。痣は濃くなっていた。

外へ出た。トレーナーのフードを頭から被《かぶ》り、ゆっくりと走りはじめる。突然やりはじめたことではない。時間があるかぎり、大抵《たいてい》十キロ近くは走るのだ。コースも、ほぼ決めてある。

全身に痛みがあったが、どこか鈍《にぶ》いものに変っていた。ペースは、いつもと同じだ。発汗も、同じようなものだった。

走りながら、私は躰の状態だけを測っていた。筋肉以外の痛みはないか。いつもと違う気分に襲われることはないか。

いつものコースを走って戻ってきた時、私は自分の躰が基本的にはしっかりしていて、あちこち殴られて腫れたり破れたりしているだけだと確信した。そこからの痛みも、走り終えた時はほとんど忘れてしまっているほどだった。

シャワーを使い、外へ出た。

美枝子の相手の男は、六本木の酒場の経営者で、住んでいるのは目黒のマンションだった。出勤は六時前後で、午前二時までやっている酒場の経営者としては、なかなか真面目《まじめ》にやっていると言ってもよかった。

及川《おいかわ》という名だった。独身で、年齢は私と同じぐらいだろう。及川がなにをやろうと、それは勝手だった。私の依頼人は、美枝子の背信行為の証拠を欲しがっていて、その相手が及川というにすぎない。

私は、駐車場にオペルがあることを確かめ、車の中で待った。

六時十分ほど前に、及川は出てきた。そのままオペルを出した。かなりの距離をとって、私は付いていった。どうせ、行先はわかっているのだ。きわどい尾行をやる必要はない。

六本木といっても、ちょっとはずれた、芋洗坂《いもあらいざか》の下にある店だった。ビルの三階で、路上からは小さな看板が見えるだけだ。常連の客を相手にした商売だろう。

看板に明りが入ったのを見て、私は階段を昇っていった。

ドアを押す。なにか言いかけた及川が、途中で言葉を呑《の》んだ。私は、黙ってカウンターに腰を降ろした。

「ビール。ちょっと傷口にしみるかもしれないが」

「大丈夫ですか。入ってこられた瞬間、びっくりしましたよ」

「昨夜だよ。手強《てごわ》いやつだった」

ビールとグラスが、私の前に置かれた。

「明日の晩、もう一度やることになる。それを、あんたに伝えておこうと思ってね」

「私に、ですか？」

「いつまでも、長引かせたくないだろう、あんたも。俺もそうさ」

「もしかすると、美枝子を尾行《つけ》てるっていう人ですか、お客さん」

及川の眼が、鋭くなった。怯《おび》えた様子はどこにもない。むしろ、睨みつけてくるような眼だ。

「手強い男を、雇ったもんだな」

「お客さんも、雇われてるんでしょう？」

「雇われなくて、人の情事を嗅《か》ぎ回したりすると思うかね？」

「そうですよね。しかし、社長さんはなんで人を雇ったりなさるんでしょう」

「契約違反だろう、浮気をするのは。その契約違反の証拠を、俺は摑《つか》もうとしている」

「そんなもの、なんの意味があるんです。美枝子は、もう私の女ですよ」

「その女が、いまごろあの社長の前で股《また》を開いてるな」

「露骨《ろこつ》な言い方は、やめてください。あの二人、意地になってて、私には止められません。

愛憎って言葉があるでしょうが。そんなもんですよ。私は、ただ見てるだけでね」

「おかしなのを、雇ったぜ」

及川は、横をむいた。私は、一杯目のビールをひと息で飲み干した。煙草をくわえると、及川が火を出してきた。

「七年ですよ、あの二人。ジタバタしないで、別れられるとは思ってませんよ。お客さんがどう絡《から》もうと、それもジタバタのうちです」

七年という歳月が、私には意外だった。金で結ばれた男女の、最後の騙《だま》し合い。そんな感じでしか、受け取っていなかったのだ。

「君の女だ、と言ったな」

私は、二杯目のビールを注《つ》いだ。

「そうですよ」

「いま、別の男に抱かれていて、平気でいられるのかね？」

「仕方ないでしょう。七年馴染《なじ》んできた女を、私が横から攫《さら》おうとしてるんですからね。それも、金とか甘い言葉とかでじゃない。結婚しようってね。所帯を持って、子供を作ろうってね。あの社長さんにゃ、絶対にできないことだ。そして、美枝子は微妙《びみょう》な歳《とし》にさしかかってます」

「なるほど」

美枝子は、両方にひかれているのかもしれない。つまり、私の依頼人に対しても、未練《みれん》を残しているのかもしれないのだ。

しかし、そうだとして、二人はなんにこだわっているのだろうか。手切金の額などではない。なにかにこだわっているのかもしれない。

「俺が、君ら二人の写真を撮る。それに、どういう意味があるのかな」

「自分で、考えてくださいよ」

「彼女は、君と結婚するんだろう。この店を二人でやる。とすると金も必要か」

「私は、ここに十年です。借金もありませんし、店を大きくしたいとも思ってません。贅《ぜい》沢《たく》な暮しも、望んだことはないし。美枝子が手伝いたいと言えば、店を手伝わせることはあるかもしれませんが」

「金は誰《だれ》でも欲しいぜ」

「美枝子の金は、美枝子の金ですよ」

私は肩を竦《すく》め、二杯目のビールを飲み干した。

七年続いた男女が、どういう別れ方をしようとしているのか、しばらく考えた。私が提出する証拠物は、二人の間でどういう意味を持つのか。意味のないものさえ、別れには必要なことがあるのか。

男の店員が、ひとり出勤してきた。七時の出勤ということになっているようだ。ほかに、女の子が四人いるはずだった。中規模の、そこそこの店だろう。

「じゃ」

言って、私は腰をあげた。

3

部屋の明りがついていた。

ドアはロックしてあって、私はチャイムを鳴らした。

「お帰りなさい」

ドアを開けた令子《れいこ》が言う。

私の顔を見て、驚くのではなく、笑いはじめた。街に詩を書いている。私の稼業を称して、令子がそう言ったことがあった。はじめ私はそれが気に入っていたが、いまはいくらか苦い気分でそれを思い出すことがある。

「なんという匂いをさせてるの」

「ニンニクが、怪我にいいんじゃないかと思ってな」

「程度によるわね」

令子が、キッチンの方へ行った。食事の仕度をしていたようだ。三日に一度は、こうしてやってきて、食事の仕度をし、泊っていく。明日の朝、私の部屋から出勤していくことになるのだ。

私が令子と最初に会った時、かなり明確に男と別れた気配《けはい》を感じた。それ以後、私は別れた男の代役をさせられている、という気分をずっと抱き続けてきた。三年以上経《た》ったいまも、そうだ。

私は服を脱ぎ、トレーナーの上下に着替えた。令子は、蒸し物でも作っているようだ。そういう台所の道具も、令子と付き合いはじめてから増えた。それまでは、フライパンひとつしかなかったのだ。食器も、いつの間にかすべて対になったものに替えられている。

そのすべてに、私は抵抗せず、しかしほんとうに受け入れもしなかった。冷蔵庫からビールを出してきて、ソファで飲んだ。ビールも、令子が買い揃《そろ》えているものだ。よく考えると、この三年の間に、下着などもすべて令子が買ってきたものに替った。それを着る私と、着せる令子の間柄だけが、最初からなにも変っていない。

便利な女と付き合っている。いまも、時々そう思う。その便利さが、いつか厄介《やっかい》なものに変っていく、という気配すらも感じたことはなかった。

令子と付き合う前は、何人もの女と、短期間くっついては別れる、ということを繰り返していた。ほんとうに女と別れるというのがどういうことか、私にはわかっていないのかもしれない。

食事の仕度ができた、と令子が声をかけてきた。私は夕方にかけて留守をすることも多い。そういう時も令子はやってきて、二人分の食事を作る。朝、出勤する前に、きれいに片付けて捨てていくのだ。苦情ひとつ、言うわけではなかった。

「派手な顔よね。しばしばそういう顔になりながら、耐えていられるということに、感心するわね」

「好きで、こういう顔をしているわけじゃない」

「今度は、ちょっとひどそうに見える」

新しいビールを注ぎながら、令子が言う。

「別れられなくて、ジタバタしている男と女がいる」

「そう。何歳ぐらいなの？」

「五十五、六。六十にはなっていないと思う。それと、三十ぐらいの女だ」

「長く付き合ってきたわけ？」

「七年だそうだ」

私はビールを飲み干した。令子も、ビールのグラスに口をつけている。テーブルには、いつものように手のかかった料理が並んでいた。

「男の方が、未練を捨てきれないんじゃない？」

五十代の半ばというのは、微妙な年齢なのだろうと、私にも想像はつく。死ぬまでに、若い女がまた現われるだろうか、というような思いに駆《か》られるに違いない。それに対して、三十になった女は結婚ということを考える。美枝子が及川に傾いていくのを、私の依頼人はどんな気持で見ているのだろうか。

「しかし、女の浮気の証拠を摑みたい、というのが依頼内容だぜ」

「自分を諦《あきら》めさせるためかもしれない」

「手切金を値切るためかもな」

「ひどく散文的になるのね」

「街に詩を書いてばかりじゃ、この仕事はやってられんよ」

「そうよね、まったく」

あっさりと認め、令子は皿に箸《はし》をのばした。同じ柄《がら》の箸で、長さだけが違う。ひとりで食事をする時、私はしばしば箸を間違え、しばらく気づかず、奇妙な気分になることを思い出した。

「それで、あなたは一体、誰と殴り合いをしたの？」

「わからないんだ、それが」

塩焼きにされた魚に、私は箸をつけた。

「浮気の相手の男が、人を雇ったとばかり思ってた。さっき会ってきたんだが、違うような気がしてきたな」

「浮気の相手なの、ほんとに？」

「どうも、結婚する気のようだ」

「じゃ、浮気じゃないわね」

「俺の依頼人にとっちゃ、裏切り行為ってわけだろう」

「どうも、納得がいかないな、あたしは」

「結婚の約束を、多分してると思うんだ。そのくせ、女は俺の依頼人に抱かれてる。それを、男の方は黙って見てる」

「いくらか、複雑ね。女の気持が、揺れ動いてるわ。あたし、そう思う」

「俺の依頼人と、別れきれない理由というのはなんだ？」

「七年、でしょう」

「七年、男に縛られていた。それから脱出する機会を摑んだのかもしれないぜ」

「女が、男にほんとに縛られると思ってる？」

「金に縛られるというのかな」

「お金には、もっと、女は縛られないわ。幻想もいいところね。開き直ると、女はなんでもできるのよ」

「そういうもんか」

私は、ちょっと鼻白《はなじろ》んで言った。

令子が立ちあがり、茶碗蒸《ちゃわんむ》しを運んできた。そういう食器も、私の部屋の食器棚《しょっきだな》には並んでいるのだ。それは、いつの間にか紛《まぎ》れこんできたという感じで、ある日食器棚の中にあった。

グラスを汚すのが面倒で、いつも缶ビールに口をつけて飲んでいた。私にとっては自然なそういう生活が、少しずつ遠くなっていると感じることがある。それでも私は、気楽な生活を、敢《あ》えて捨てようとは思わないのだった。不自然さも、時間が経てば自然なものに思えてくる。

「とにかく、俺は俺の仕事をやるだけだ」

「そうよね。仕事が終れば、大体のことはわかるわよね」

令子が笑った。

三年前より、いくらか肥《ふと》ったような気がする。私は、令子の躰つきを気にすることなどほとんどなかったが、令子はそうでもないようだった。食事の量が、私の半分になっている。それが、私のためかもしれないと考えると、奇妙な気分になった。

「もっと食えよ」

皿を見直して言った私に、令子はただ笑みを返しただけだった。

4

男が現われたのは、シャッターを切ってからだった。

シャッターを切る場所を、思いきり近くにした。その分、男の行動は遅れたようだ。男は、憎々しげに私を見ていた。高感度のフイルムだから、及川も美枝子もはっきりと写っているはずだ。

「悪かったな。同じ失敗《ドジ》を二度踏んでたまるかよ」

「フイルムを、寄越《よこ》せ」

「ふざけるな、と言いたいところだがね」

私は、男の攻撃にすべての注意を払っていた。

なぜ、ぶざまにぶちのめされたのか、ずっと考え続けていた。どう考えても、最初の一発なのだ。顎の先端を、拳がきれいに振り抜いていった。あれで躰が浮いたようになり、その感じは最後まで消えなかった。つまり、思うように躰が動く状況ではなかったのだ。

私は、フイルムを巻き戻して抜き出すと、男の眼の前に翳《かざ》した。男の顔も無傷ではなく、頰のところにテーピングをしているが、私よりずっと軽かった。

「こいつは、俺の商売のネタでね。なけりゃ困る。逆におまえにとっちゃ、あれば困るもんだろう？」

男は、じっと私に眼を据えていた。私は、男の足の位置に注意していた。あと二歩踏みこんでくれれば、確実にパンチは届く。

「ただで取れるとは思うなよ。このフイルムを賭《か》けて、俺と勝負しようじゃないか」

とにかく、最初の一発だ。ああいうパンチさえ受けなければ、この間も互角《ごかく》にはやり合えたはずだ。

「同業者じゃないかと思ったが、そうじゃないのかな。もし同業者なら、おまえのやっていることは仁義にはずれる。もう少し、別な方法があるだろうが」

「それを、寄越せ」

「この間は、負けてやっただけだぜ。同じ勝負ができるとは思うなよ」

私は、フイルムをジャンパーのポケットに入れた。

「この先の、公園だな」

「いいだろう」

男が低く言った。武器を遣《つか》う気配がないかどうかも、私は注意していた。武器を出せば、私はカメラを振り回して抵抗するしかない。

私が、先に歩いた。四メートルの距離は取るようにした。男は、黙って付いてくる。ことさら、距離を詰めてこようともしなかった。

午前三時の公園に、人の姿などなかった。

私はカメラをコンクリート製のベンチに置き、ジャンパーも脱いだ。男は、ただ立って待っている。

「来いよ、若造。大人をそう簡単にはぶちのめせない、と教えておいた方がよさそうだ」

二歩、私は男の方へ踏みこんだ。

睨み合った。私は、男の足の位置に注意のすべてを注いだ。パンチでくるにしろ、蹴りを出すにしろ、最初の兆候は足の動きだった。私が一歩動くと、男も一歩動いた。いきなり、一発食らうことはない。どんなに速いパンチでも、見切ることはできる。たとえ当たっても、躰を合わせてパンチは殺せる。

そう思っても、私の方からは容易に踏みこめなかった。男も、私の足の動きに注意しているらしく、ちょっとした爪先《つまさき》の動きに反応してくる。

しばらく、睨み合っていた。

私は、無造作に二歩踏みこんだ。攻撃をかけるというより、ただ歩み寄ったという感じだ。男の拳が出てきた。虚《きょ》を衝《つ》いたのか、それは一拍《いっぱく》遅れていた。拳を見ながら、私は後ろに倒れこみ、男の下腹のあたりを蹴りあげた。次の瞬間、横に転がった。立った。男は、私にむかって姿勢を変えたところだった。踏みこむ。互いに、拳を出した。肩に当たって、全身に痛みが走った。躰を寄せた。膝を突きあげ、肘を出した。

躰を離す。膝も肘も、効《き》いたのかどうかはよくわからなかった。

躰が浮いた感じは、どこにもない。思った通りに、動いてもいる。ただ、男のパンチは速かった。ボクサー並みだ。不用意に踏みこむのは、やはり危険だった。

一歩踏みこんでは、退《さ》がる。それを二度くり返した。男が、ずいと踏みこんできた。仰むけに倒れるしか、パンチのかわしようはなかった。靴。脇腹にめりこんでくる。しかし私も、男のベルトのあたりを摑み、下から蹴りあげていた。絡み合った。頭突きを受けないために、私は男の胸に頭を押しつけていた。組み合うと、さほどの脅威は感じない。地面を二回転ほど転がり、躰を離しざまに私は肘を出した。体重が乗った肘ではなかったが、男の顔の真中《まんなか》に命中し、鼻血が噴き出してきた。

ほとんど同時に、立っていた。男が、口を開けて息をした。私の呼吸は、まだ乱れてはいない。パンチ。仰むけに倒れず、頭を沈みこませてかわし、そのまま腹にぶつかっていった。吹っ飛んだ男が、二回転して素速く立ちあがった。私も踏みこんでいた。横ざまの蹴りを入れる。体重は乗っていたが、男は腕でブロックしていた。拳が見えた。思った時は、顔にしたたかに食らっていた。顎の先端でもこめかみでもない。転がりながら、私はそう思った。靴。追うように、続けざまに蹴りつけてくる。立ちあがる隙がなかった。私は、両腕で男の脚に抱きついた。倒れこんできた男と絡み合う。頭突きが二度きたが、浅かった。ただ、どこかが切れたようだ。汗ではないものが、眼に流れこんできた。二度、肘を叩きつけた。それも浅い。

立った。お互いに、肩で息をしていた。踏みこんだのは、私の方からだ。パンチ。耳がバリッと音をたてた。私の肘で、男の躰がのけぞるのが見えた。蹴りつける。男が、尻から落ちた。立ちあがる前に、私はもう一度蹴りあげた。転がった男が立った。踏みこんでくる。パンチ。かわした。躰がぶつかった。私は、男の腹のあたりに両腕を回した。抱えあげる。そのまま跳ぶようにして、倒れこんだ。男の動きが、瞬間止まった。左手で髪を摑み、右の拳を叩きつけた。三発食らわせる間、ボディに二発食らった。二発目のボディが効き、私は男の髪を放していた。

立ちあがる。私も男も、ひどく呼吸を乱していた。踏みこんだ私に、男がパンチを出してきた。かわし、腰を回転させながら肘を出した。棒のように、男が倒れた。

私は肩で息をしながら、首だけ持ちあげて立ちあがろうとする男を見降ろしていた。肘は、顎の先端に入った。一番最初に、私がいきなり一発食らった場所だ。

左眼に流れこんでくる血を手の甲で拭い、私は男の脇腹を蹴りつけた。持ちあげていた頭も、それで地面に落ちた。男は、ただ激しく胸板を上下させているだけだ。

「大人は、手強いだろう、坊や」

呼吸を整え、なんとか私は声を出した。男は、まだ胸板を上下させている。人間の躰ではない、別の動物の動きのような気がした。

「雇主のことは、喋らんだろうな」

私は、男のそばにしゃがみこんだ。眼は開いているが、焦点は合っていない。

「何者なのか、勝手に調べさせて貰うぜ」

男のポケットを探《さぐ》った。大したものは出てこなかった。財布。手帳。運転免許証。そんなものだ。

「吉井《よしい》って、おまえ美枝子と同じ姓か」

ジッポの炎で免許証の名前を読み、私は言った。

「学生だと。おい、おまえ、学生なのか？」

大学の学生証を見つけ出して、私は炎に翳《かざ》した。男は、まだ胸板を上下させている。吉井美枝子の弟らしい、ということに私ははじめて気づいた。

ジャンパーなどを着ている姿は、いかにも私の同業者だったが、改めて顔を見直してみると、若すぎるとも思える。

男の拳には、タコがあった。大学の空手部かなにかだろう、と私は思った。パンチと言っても、ボクシングの構えから出てきたものではない。

私は煙草に火をつけた。

吉井が喋れるようになるまで、座りこんで待つことにした。切れていた額の出血は、もう止まっているようだ。

「おまえ、なんでフイルムを欲しがった」

煙草を喫い終えてから、私は訊《き》いた。吉井の呼吸も鎮まっている。

「姉貴《あねき》の手助けでも、する気だったのか？」

「なんで、尾行《つけ》てた？」

「仕事だからさ」

「写真を、どうするんだ？」

「それは、俺の勝手だな。とにかく、おまえは俺の仕事の邪魔をしてくれた。その落とし前はつけて貰うぞ。まずは、腕の一本でも折らせて貰うかな」

「勝手にしろよ」

「試合に出られないなんてもんじゃない。一生、空手ができないようにしてやる」

「そうやって、姉貴の一生を駄目《だめ》にして、面白《おもしろ》いかよ」

「吉井美枝子の一生が、俺の写真でなぜ駄目になる？」

「姉貴は、及川さんと結婚するんだよ」

「わかってるさ、そんなこと」

「その時期が来るまで、付き合ってることも知られたくない。誰にもだ」

「なるほど。そういうことか。しかしおまえ、姉貴には内緒でやってるな」

「尾行《つけ》回《まわ》してるやつがいる、と姉貴は言ってた。気味《きみ》が悪いってな」

「それが、俺か」

私は苦笑して煙草をくわえた。吉井の喋り方は、かなり楽そうになっている。

「おまえの姉貴にゃ、及川のほかにも付き合ってる男がいる。そっちは、金も絡んだ関係だろうな。だから、及川との結婚に横槍《よこやり》を入れてくると思ったか」

「及川さんが、そういうことを知ったら、結婚はやめちまうと思う」

「及川に会ったことは？」

「一度、三人でめしを食って、それから何度かひとりで店に飲みに行った。きちんとした人だ、と俺は思ってる」

「もうひとりの男とも、会ったのか？」

「いや」

「姉貴が会わせてくれないか。多分、金が出てただろうな。おまえ、姉貴から小遣いぐらい貰ってたろう。間接的にだが、その男から貰ってたってことになるな」

吉井は、空に眼をむけていた。血まみれで、表情はよくわからない。唇《くちびる》を嚙《か》みしめているのだけ、はっきりとわかった。

同業者だろうと思ったのは、私の早とちりだった。学生にぶちのめされたなどと、考えたくはなかったのだろう。

「大人とやり合おうなんてことは、もう考えない方がいいな」

「喧嘩なんか、しない。試合がある」

「そうだ。試合だけにしておけ。喧嘩なんかで空手を遣うと、大怪我をさせたりするぞ。やられた時は、そりゃひどいだろうしな」

言って、私は腰をあげた。

「待ってくれ」

「なんだよ？」

「俺の腕を折ってもいい。そのフィルムを、渡してくれないか」

「駄目だな」

「どうしてもか？」

「甘いな。大人の仕事ってやつは、坊やにゃわからん厳しさがあるのさ」

私は歩きはじめた。吉井が立ちあがろうとしたが、途中で脚をもつれさせて倒れた。まだ、しばらくはまともに立ちあがれないだろう。

私はジャンパーとカメラをぶらさげ、車まで歩いた。

車を出す。回復しきっていない躰での殴り合いは、さすがにこたえていた。勝ちはしたが、相手はただの坊やだった。

早く部屋へ戻って、水を浴びたかった。額のあたりに、疼《うず》くような痛みがある。躰以外のところも、痛みはじめていた。

5

私の依頼人は、外出の途中で立ち寄ったように、やはりベンツでやってきて、三十メートルほど手前で降りた。約束の喫茶店までは、ひとりで歩いた。

それを見届けてから、私は車を降りた。

「仕事は、ほぼ終りました」

腰を降ろし、コーヒーを註文《ちゅうもん》してから私は言った。

「ただ、もうちょっと残ってましてね。写真は撮ったんですが、現像はする時間がなかったんですよ。すぐに現像して送ります」

「顔に、また傷が増えているね」

「ちょっとした邪魔が入りましてね」

「相手の男が、やはり用心棒を？」

「ただのボランティアでしたよ」

「どういう意味だね、それは？」

「ボランティアってやつは、思いこみが激しいというだけのことです。いずれにしても、あなたにゃ関係ないことです」

「仕事で、怪我をしたのは事実だろう」

私は、運ばれてきたコーヒーに口をつけた。私の依頼人は、私が思った以上に紳士なのかもしれなかった。いまにも財布をとり出して、治療費でも出しそうな雰囲気《ふんいき》だ。

「仕事は、うまくいったんですから。それについて、文句を言われる筋合いは、まったくありませんね。ただ、現像がまだなだけで」

「金は、成功報酬も含めて、いつも用意してきている」

男が、内ポケットから封筒を出した。かなり厚いように見える。

「まだ、報酬をいただく段階ではありませんよ。現像が終って、あなたがそれに納得したら、成功報酬も含めていただきます」

「六十万ある」

「成功報酬が含まれているとしても、多過ぎるな」

「危険手当と思ってくれ。それにしては、少なすぎるかもしれないが」

「じゃ、夕方にでも。急げば、すぐに現像はできますから」

「いいんだ。フイルムは持ってるのか？」

「ええ」

「じゃ、それを渡してくれればいい」

「高感度のフイルムで、ただ現像するってわけにゃいきませんでね」

「現像は、しない」

私は、依頼人の顔を見つめた。依頼人は、テーブルに視線を落としていた。

「どういう意味ですか？」

「フイルムを、持っているだけでよさそうだ。それだけで、なんとかなる」

「女の方は、そんなものじゃ納得しませんよ。するわけがない」

「写真があっても、納得なんかしないさ。自分で納得できればいいんだ」

「この写真を撮るために、俺はかなり痛い思いまでしたんですよ」

「悪かったよ、それは。君の職業を利用するような恰好になったことについては、謝る。私は、自分の駄目さ加減が、フィルムには写っていると思っているんだ。未練で女々しい駄目な男がね。美枝子と別れなければならないと、それなら納得できる。しなければならないと思う」

「探偵を雇って、写真を撮らせたりするような男ではありたくない。それなのに、やってしまった。その証拠のようなものだというんですか?」

「君が、ひどい怪我までして写真を撮ってくるとは、思っていなかった」

私は、肩を竦めた。はじめから、道化で雇われていたのかもしれない。それはそれで、悪い道化ではないような気もした。

「私は、五十七でね」

依頼人は、相変らずテーブルに視線を落としていた。私は煙草に火をつけた。

「五十の時から、美枝子とそういう関係になった。彼女は、まだ二十三だったよ。父と娘のような歳の差だ。こんなことがいつまでも許されるわけがない、と思いながら七年も経った」

「めずらしい話じゃありませんがね」

「殺人だって、めずらしい話じゃない。だからと言って、殺人犯になって平気でいられるかね」

「極端すぎますよ」

「とにかく、二十五、六で彼女は結婚するべきだ、と私は思っていた。そうやって、幸福になれる娘なんだ。相手が現われなかったというのもあるが、彼女がそちらを見ようとしなかったことも確かだ。人の気持を忖度《そんたく》する娘でね。私が手放したくないと考えていることを、敏感に悟《さと》ったのさ」

私は、短くなった煙草を消し、もう一本新しく火をつけた。

「自分の醜《みにく》さとして、私はこのフイルムを持っていることにする」

美枝子の方も、及川との間で揺れ動いているのだろう。手切金が欲しいとか、出したくないとか、そういう次元の話ではなかったようだ。自分の稼業を、私は卑《いや》しい眼で見過ぎている。だから、依頼人も、すべて卑しく見える。

「及川という人については、実は美枝子から詳《くわ》しく聞かされている。きちんとした人で、私よりも大人かもしれないと思う」

「そうですか」

「君に怪我をさせた。君を殴った相手も、及川という人が雇ったとは、思いたくない」

こういう男だから、美枝子も別れかねているのだろう。

「ボランティアだった、と言ったでしょう。飛び入りのボランティアってやつで、及川とも吉井美枝子とも、なんの関係もありませんでしたよ」

私の依頼人は、かすかに頷《うなず》いた。

「余計なことばかり喋った。喋る相手が、ほかにいなかった」

三人がどうなっていくのか、私は考えなかった。もがきながら、行き着くところへ行き着くのだろう。テーブルに置かれた封筒を、私は手にとった。

「フイルムです。仕事は、終りました」

ポケットからテーブルにフイルムを出した。声をかけようとしてもなにも言葉が見つからず、私はちょっと頭を下げて腰をあげた。

第七章　殺さない程度

1

なかなかいいコンビネーションだった。

喧嘩《けんか》にボクシングがどれほど有効かは、私自身の体験で証明している。ボクシングをやった人間が喧嘩に強いとはかぎらないが、喧嘩のためにそれをやった人間は、間違いなく強い。

大谷《おおたに》の場合は、完全にそのタイプだろう。三十三、四歳で、通《かよ》っているジムの中では最年長に見える。毎日一時間のトレーニング。短いとも思えるが、素人《しろうと》がやるには充分すぎる。しかも、半分はシャドーとミット打ちとパンチングボールで、残りの半分がサンドバッグとウエイトトレーニングなのだ。

殴《なぐ》り倒された二人は、なにが起きたかわからないような表情で、ぼんやりと上体だけ起こした。大谷はとっくに歩き去っている。私はショートピースに火をつけ、近づいていった。

「どうしたんだい？」

声をかけてみる。二人は返事をせず、黙って立ちあがった。足の動きは悪くない。大した怪我《けが》はしていないだろう。

煙《けむり》を吐《は》きながら、私は男たちのそばを通り過ぎた。今夜の大谷の遊びは、多分これで終りのはずだ。

それにしても、パンチ力がある。老いぼれのビートルに戻りながら、私は見たばかりの情景を思い出した。左は、軽いパンチだった。牽制《けんせい》のジャブで、それで相手の体勢を崩《くず》したのだ。次の瞬間、右がドスンだった。ドスンという言葉がいかにもぴったりな、重いパンチで、切れ味が鋭いストレートという感じではない。

体重もあるが、もともとそういう素質《そしつ》なのかもしれない。パンチを打つのはタイミングだが、パンチ力は筋力と大きく関係してくる。

素人にあんなものを叩《たた》きこむのは、危険と言えば危険だった。下はリングのキャンバスではなく、コンクリートなのだ。

ビートルのエンジンのかかりが悪かった。プラグだということはわかっていたが、掃除《そうじ》をするのがつい面倒《めんどう》で、放ってある。そろそろ車検の時期なので、その時にプラグ交換をすればいいと思ってしまうのだ。

騙《だま》し騙しセルを回し、ようやくかかったエンジンをそっと扱いながら、恵比寿の部屋へ戻った。十時を回ったところで、食事のいい匂《にお》いが漂っていた。令子《れいこ》が来ているのだ。

私は黙ってシャワーを使い、すぐに服を着こんだ。バスタオルを腰に巻いただけの恰好《かっこう》では、まだ寒すぎる季節だ。

令子が作っているのは、オックステイルのシチューだった。三日前に来た時に煮こんでいたものが、冷凍庫で眠っていた。それがいよいよ完成の日になったようだ。

私は冷蔵庫から、缶ビールを出してプルトップを引いた。テーブルに赤ワインが用意してあったが、風呂やシャワーのあとの一杯はビールというのが、私の習慣だった。

令子とは、同棲《どうせい》してはいない。週に二度か三度はやってくるが、それ以上一緒に過ごす時間を持とうとは、どちらも望んでいない。その気になれば、令子は私の部屋に移り住むこともできた。しかしこの三年の間、そういう素ぶりを見せたことはないのだ。

一緒に暮す男と女の間に必要なもののひとつが、私たちには欠けていた。お互いに、相手のすべてを知りたいなどと望んだことがないのだ。気づくと、いまのような生活をしていた。週に二度か三度令子が訪れてくるということも、はじめから変ってはいないのだった。

自分が誰《だれ》かの代役なのだということを、私は最初から気づいていた。それぐらいが自分にはお似合いだろう、とも思っていた。多少自嘲的《じちょうてき》な気分だったが、最近ではそれも忘れていることが多い。

「うまくいったと思う。二日ばかり、ソースも肉も冷凍して寝かせておいたのが、よかったと思うわ」

料理はうまい女だった。下着を毎日替えろと言う以外、うるさいことはなにも言わない。私が仕事で部屋にいなくても、勝手に二人分の食事を作り、勝手に寝て、翌朝会社に出ていく。ただ、避妊については、神経質過ぎるほどだった。

「ワインの栓《せん》、抜いておいてくれる?」

私は頷《うなず》き、オープナーを捩《ね》じこんで、コルクの栓を抜いた。

「また、面白《おもしろ》い仕事をしてるのね」

「顔を見れば、それがわかるか」

出会ったばかりのころ、私の仕事は街に詩を書いているようなものだ、と令子は言ったことがある。いまも、私はその言葉を思い出す。仕事の意味が見つけ出せなくなった時は、詩を書いているのだ、と呟《つぶや》いてみる。そう呟くことで、救われたことは何度もあった。

「このところ、顔が痣《あざ》だらけなんてことも、ないだろう」

「そうね。ちょっともの足りないけど」

「残酷なことを言うじゃないか」

「顔が痣だらけの方がいいでしょう、心が痣だらけになるより」

実際、探偵の仕事は、人を傷つけることが少なくなかった。傷つける材料が欲しくて、探偵を雇うというのはよくあることなのだ。仕事が終ったあとでそのことに気づいたりすると、令子が言うように心が痣だらけになる。そして、これも詩なのだと、私は自分自身に言い聞かせるのだった。

私は、ワイングラスを二つ出し、それにワインを注《つ》いだ。これも、令子が持ちこんだものだった。グラスを使えば洗わなくてはならないとしか考えない私は、ウイスキーのボトルからラッパ飲みもやりかねなかった。

「悪くないな」

私は、ワインをちょっとだけ試飲して言った。ほんとうのところ、ワインなどわかりはしない。酒ならすべて、悪くない、のである。

ダイニングのテーブルから、湯気があがった。

ワインのグラスを、軽く触れ合わせる。澄んだ音がした。高級なグラスなのだろう。こういうものを二つだけ買ってくるのも、いかにも令子らしかった。

「このところ、地方の仕事はないみたいね」

「東京は、人の海さ。人の海の潜水夫みたいなのが、探偵の仕事でね」

令子は、ちょっと肩を竦《すく》めて笑っただけだった。

こういう男女関係が、めずらしいものなのかどうか、私にはよくわからなかった。両方が納得《なっとく》していれば、それだけでいいのだとも思える。ただ、長く親しんだ相手に対する、情のようなものはそれほどないはずだった。最初の時から、思いはまったく変らない。それはめずらしいのかもしれなかった。

「いいな、このシチュー」

「時間をかけて煮こんだりする料理って、ほんとはあたしは好きじゃないの。ほかのいろんなものも、煮つめられて入ってるって感じがするでしょう」

「たとえば？」

「きのう上司に叱《しか》られて、くやしい思いをしたとか、人生がつまらなく思えたとか、顔に小皺《こじわ》を発見したとか、そんな思いを煮つめたりしてしまうような気がする」

過去を煮つめてしまう。そういう感じなのではないか、と私は思った。かつて愛した男との思い出、別れの切なさ、時の残酷さ、そういうものを煮こんでしまう、ということなのだろう。

食事を終えると、私はソファに横たわった。事務所兼住居であるが、ここで依頼人に会うことは滅多《めった》にない。仕事は電話で受け、依頼人が指定する場所へこちらから出かけていくのだ。留守の間の仕事の依頼はテープに吹きこまれている。

こんな仕事のやり方でも、数年続けていると顧客とも呼べるような人物が何人か現われ、その紹介の仕事が入ることも多かった。それで、やっと食い繋《つな》いできたというのが、実態だった。

二つばかり大きな仕事をこなしたので、いまのところ懐具合は悪くない。

男と女について、私はふと考えた。私にとっては、ふと考える程度のテーマでしかない。仕事では、現実的で些細《ささい》なことに振り回されることが多く、金にならないことを考えてはいられないからだ。

令子とは、三年続いた。もう、三十になろうとしている。令子が近々結婚しそうな気配《けはい》はないし、そう望んでいるとも思えない。とすると、これからもまだ関係は続いていくのか。ただ、令子が私を自分が産《う》む子供の父親にしようと思っていないことは、確かだった。私も、父親にはなりたくないし、結婚もしたくなかった。

といって、セックスだけを求め合っているわけでもない。奇妙な安定だった。男と女が、そういう安定の中で長い時を過ごすこともあるのだろうか。

「柄《がら》じゃないな」

私は声に出して呟いた。令子との関係を考えたりするのが柄ではないのか、男と女のことを抽象的《ちゅうしょうてき》に考えたりするのが柄ではないのか、自分でもよくわからなかった。

食器を片付けた令子が、風呂に入っている音が聞えてくる。煙草《たばこ》に火をつけ、天井に煙を吹きあげた。

大谷を調べてくれという依頼人は、女だった。二日に一度、都内のホテルのティルームで報告をすることになっている。女房のようでもあり、違うという感じもあった。つまり、一度会っただけでは、判断がつかなかったのだ。

もし私を調べる人間がいたとして、令子のことはやはり女房だと思うだろうか。

令子が、頭と躰《からだ》にバスタオルを巻いた恰好で出てきた。ダイニングのテーブルに鏡を立て、顔に何種類かの乳液や化粧水《けしょうすい》を塗りこんでいる。

化粧によって、ずいぶん顔が変る女だった。朝、ベッドの中で、まだ眠っている令子の顔を、しみじみと見つめることがあった。ひとりの女に、ありきたりの満足さえ与えられない男。そういう時に胸に去来するのは、自嘲に似た思いが多かった。ただ、時々少年のようだと思える顔に、じっと見入っている自分の姿に気づくこともある。躰も貧弱で、顔も少年のようだと、不意に倒錯《とうさく》に似た気分に襲《おそ》われたりするのだ。

「ねえ、もうすぐ生理なの」

頭のバスタオルを解《と》きながら、令子が言う。避妊具の必要はない、と言っているのだ。

寝室は、ベッドで一杯だった。キングサイズのベッドを令子が入れ、それまであったシングルのベッドは自分の部屋に運ばせたのだ。

ベッドの上で、令子がバスタオルを取る。眼が、淫《みだ》らな光を放ちはじめた。

2

練習は、六時二十五分からだった。五分間は準備運動で、六時半から一時間、びっしりとボクシング時間でやる。つまり、三分動いて一分休むというやつだ。メニューは、きのうと同じらしい。

終るとシャワーを使い、七時四十五分ごろにはジムを出てくる。

ジムは道路に面していて、おまけに透明のガラス張りだった。練習生たちの動きは、よく見える。プロが二人いるジムだ。

私は、外から大谷の練習ぶりを見ていた。ミット打ちのパンチは、結構なスピードがあった。しかし、弱い。体重を乗せると重いパンチになるのか、とも思えた。

七時過ぎまで、私は外に立っていた。

「好きなのかね？」

中年の男が、背後から声をかけてきた。鼻が潰《つぶ》れ、目蓋《まぶた》が垂れ、ひと眼でボクサーあがりとわかる顔だった。

「なんなら、中で見たって構わないぜ」

「いや、ここで」

「若い練習生ばかりじゃないんだ。あんたぐらいの歳《とし》の男だっている」

男が、大谷の姿を指さした。中は明るく、外は暗い。こちらの姿は、大谷からは見えていないだろう。

「健康のために、一日一時間ばかりのトレーニングというのが、結構流行《はや》っているんだ。エアロビクスなんて、女がやるもんだ。ボディ・ビルなんて、筋肉が付くだけだし。ボクシングは、反射神経を養える。老化防止にゃいいんだ」

「殴り合いは、どうもね」

「あんたぐらいの歳じゃ、打ち合いはさせられない。スパーリングだって駄目《だめ》だ。ミット打ちまでだね。たとえ間違っても、トレーナーを殴っちまうだけだよ」

「まあ、しばらく見させて貰《もら》いますよ」

「中で見なよ。気がむいたら、サンドバッグでも叩いてみるといい」

それだけ言い、男はジムの中に入っていった。練習生たちが、声を揃《そろ》えて挨拶《あいさつ》している。ジムの経営者なのだろう。世界タイトルマッチがあるとすれば、セコンドでテレビに映《うつ》る役どころだ。

その男は、両腕で抱えこんだサンドバッグを大谷に打たせたりしていた。眼をこらせば、外から覗《のぞ》いている私の姿が見えるのだろう。新しい練習生を、ひとり獲得できるチャンスだと思っているのかもしれない。

七時半になると、私はジムを離れ、むかいの通りの喫茶店に行った。

正確に十五分後に、大谷はジムを出てきた。

地味なグレーのCクラスのベンツに乗りこみ、しばらく運転席でなにかやっていて、それから発進させた。

私は、ビートルで後を追った。

渋谷まで、すぐの場所だった。前の晩と同じ駐車場に、車を入れた。上が公園になっている駐車場である。私は、路肩に駐車した。

大谷が歩いていく。ラフなブルゾン姿で、歩き方はキビキビしていた。人の多い通りへ入る。ぶつかった男が、ふり返る。大谷も立ち止まっていたが、男はそのまま歩み去った。

まったく、喧嘩を売って歩いているとしか思えなかった。まるで十七、八の小僧だ。それでも、喧嘩をまともに買う人間など、少ないものなのだ。最近では、やくざ連中も外見ではなかなかわからない。そして一般の人間より、紳士的であったりする場合もある。

大谷は、ちょっと路地に入ったところにある、イタリアンレストランの扉を押した。

出てくるまで一時間ほど、私は外で待っていた。その間に、ハンバーガーをひとつ買ってきて、コーヒーで流しこんだ。明日が依頼人に報告する日だったので、今夜は大谷が自宅へ帰るまで付き合うつもりだった。

出てきた大谷は、いくらか酔《よ》っているようだった。それでも、足どりはしっかりしている。それから二軒の酒場に入ったが、やはり足どりはしっかりしていた。それほど飲んではいないということだろう。

凍《こご》えるほどではないが、外で待っているのが寒くなり、私は時々ポケット瓶《びん》のウイスキーを胃に流しこんだ。

十一時半を過ぎたころから、駅にむかう人間が多くなった。それでも大谷は、喧嘩相手を見つけられずにいた。さすがに、一方的な喧嘩を仕かけるほど、分別をなくしてはいないようだった。

ホテル街に入ると、外人女が何人か声をかけてきた。私にも声をかけてくるが、すぐに路地にひっこむ。私の眼は、彼女たちを見ていないからだろう。大谷の方は、しつこく付きまとわれたりしていた。

結局、大谷が喧嘩相手を見つけたのは、午前一時を過ぎたころだった。

車から降りてきた男と、大谷がぶつかった。男の方がよろけ、それから立っている大谷の肩を突いた。車の後部座席から、二人飛び出してきた。三人とも、二十二、三歳というところだろう。三対一だった。やり方によっては、簡単に大谷を潰せる。まず転がされたら、大谷はなにもできない。しかし、三人は勢いがいいだけで、相手がどんなふうか見きわめる力はないようだった。

殴りかかったひとりのパンチを、大谷はスウェーバックでかわした。ブルゾンのポケットに手を突っこみ、革の手袋を出すと、それをゆっくりとつけた。

三人が、取り囲む。ひとりも、革の手袋をつけている。同時にかかるべきだが、大谷のスウェーバックを見ても、三人は自分たちがボクシングと闘うことがわからなかったようだった。

また、ひとりが殴りかかった。退《さ》がらず、ジャブで牽制し、それから大谷はアッパー気味《ぎみ》の右を男のボディに叩きこんだ。男がうずくまる。その時は、もう軽いステップを踏んでむき直り、大谷はもうひとりにパンチを出していた。残ったひとりが、唖然《あぜん》としている。大谷が打ちこんだのは、右のフックだった。男は、棒のように倒れた。

見物人が何人かいたが、大谷はなにもなかったように立ち去った。

私は路地に入り、先回りして駐車場のそばで待った。戻ってきた大谷は、口もとに笑みを浮かべていた。

グレーのベンツは、安全運転で代沢《だいざわ》のマンションに戻っていった。

私はそれを確かめてから、自分の部屋に戻った。午前二時を回っていた。シャワーを使って、すぐにベッドに入った。

眼醒《めざ》めると、午前中は軽いトレーニングに使った。ランニングとダッシュ。汗をかいて部屋へ戻ると、シャワーを使い、トーストとベーコンエッグの昼食をとって、デスクにむかった。

大谷の報告書である。三日の調査で、二十万と経費。悪くない仕事だ。報告書は丁寧《ていねい》に書いた。これだけで終る仕事とは思えない。この続きを獲得するためにも、詳細《しょうさい》な報告書を出すべきだった。

文書を書いたりするのは、苦手《にがて》である。それでも、報告書は用紙に五枚ほどになった。

午後四時に、依頼人と待合わせているホテルのロビーに行った。

村田明子《むらたあきこ》。本名ではない、と私は確信していた。四十前後か。優雅《ゆうが》な雰囲気《ふんいき》さえ感じさせる、なかなかの美人だった。女の年齢を、私はよく間違える。四十前後と思っているが、実際はもっと上かもしれないということも、頭に入れていた。

夫婦なのか。大谷は、三十五にはなっていない。そちらは自信があった。

大谷の年齢は調べればわかるが、それは依頼内容には入っていないのだ。あえて調べる理由もなかった。

村田明子は、二度報告書を読み返した。場所を移した、ホテル内のティルームである。

私は、コーヒーを冷めるにまかせていた。

「わかりましたわ。仕事を終ってからの行動は、二日目を除いては詳《くわ》しく書かれています。夜中まで、大変でしたわね」

「二日目は、九時までという約束でしたのでね。こっちにも、別の仕事があって」

別の仕事があるというのは、私のはったりだった。そう言っておけば、依頼人は報酬《ほうしゆう》をはずまなければならない、という気分になるかもしれないのだ。

「わかってますわ。仕事は、きちんとして頂いたと思っています」

「二日目の夜は、そのまま自宅へ戻った可能性が強いですね」

「つまり、目的は果した、ということですわね。喧嘩をするために、街の中を歩き回っているということですか？」

「そうとしか、思えないんですよ」

「わかりました」

村田明子は、メンソール入りの煙草をくわえ、火をつけた。左手の指さきから、決して煙草を離そうとしない。つまり、唇《くちびる》でくわえているだけというような、はしたない真似《まね》はしないのだ。

「場所を、移しません？　もう、バーが開いてる時間だわ」

このホテルのバーが、何時に開くのか私は知らなかった。

「なぜ、バーなんです？」

「コーヒーが、お気に召さないみたいだし、もうちょっと仕事を続けていただきたいので、ゆっくり話をしたいわ。それに、いまの時間のバーなら、客はほとんどいません」

「そうですね」

私は腰をあげた。村田明子は、煙草を消し、伝票に手をのばした。爪《つめ》ののばし方も優雅なもので、およそ伝票などは似つかわしくなかった。

メインバーは地下で、客はひとりもいなかった。

奥の席にむかい合って腰を降ろすと、私はウイスキーのストレートを、村田明子はマルガリータを頼んだ。

「仕事を続けろ、と言われましたね？」

「やっていただけるわね」

「毎晩尾行ってのは、ちょっとね。続ければ続けるほど、発覚する危険の方も多くなるんですよ」

「もう、尾行はいいわ」

運ばれてきたマルガリータに、村田明子はちょっとだけ口をつけた。グラスの縁《ふち》についた紅を、指さきで素速く拭《ぬぐ》った。

「ぶちのめしてくれる？」

「なんだって？」

「殺さない程度に」

「そういう仕事は、その筋の人にでも頼んでくださいよ」

「そんな仕事、やくざに頼めると思うの？」

「引き受けてはくれますよ」

「あとの面倒が予想されるわ。それぐらいなら、少々のお金を払っても、安全な人に頼んだ方がいいと思うの」

「俺《おれ》が言ってるのは、つまりやくざがやるような仕事だっていう意味ですよ」

「だから、お金ははずむの」

「もうひとつ、考えてください。大谷は、ボクシングをやってるんですよ。若いやつが三人で殴りかかっても、のしちまうんです。危険ですね」

「危険手当は、おいくら？」

「そりゃ、刃物で刺されるわけじゃないんだけど」

「危険手当も含めて、三十万」

やる、と言いそうになる自分を、私はなんとか抑《おさ》えた。金には、転ぶことが多い。どうせ転ぶなら、いくらか吊《つ》りあげる試みもしてみるべきだ。

「下手《へた》をすると、傷害罪ですよ」

「そんなことは、わかった上で、頼んでるの。四十万までなら、出してもいいわ」

村田明子は、私の心裡を読んだようにそう言った。

私はショートピースに火をつけた。三日もかかる仕事ではない。一日もいらない。ほんの五分か十分で済むことだ。

「終ったら、どうすりゃいいんです。写真でも撮って、大谷がどういう顔になったか見せりゃいいんですか？」

「報告してくれるだけでいいわ」

大谷の状態を確かめる方法があるのだろう、と私は思った。つまり、大谷の代沢のマンションに、村田明子は出入りできるのだ。

やはり夫婦なのだろうか。女房が、亭主の火遊びにお灸《きゆう》をすえてくれ、と言っているのだろうか。

客が二人入ってきたが、カウンターの端《はし》に腰を降ろした。声など届きそうもない距離だ。

「あたしと大谷がどういう関係か、考えてるのね？」

「あなたが、探偵をやった方がいいな」

「もっと、大谷との関係を穿鑿《せんさく》されるかと思った」

「仕事以外のことはやらない。それが探偵の鉄則でしてね。ただ、頭の中では、いろいろと考える」

その鉄則を、私はしばしば破った。黙っていられなくなったりするのだ。そして、大抵《たいてい》の場合は、後悔する。

「とにかく、四十万、いまお払いするわ」

「そいつは、どうも。ただ、俺がのされちまったら、どうします？」

「治療費ということになるわね。そうならないことを、祈るけど」

「もうひとつ、いいですか？」

私は、グラスのウイスキーを飲み干し、お代りを頼んだ。

「半殺しという言葉、実に曖昧《あいまい》でしてね。半身不随にするとか、片腕だけは一生使えないようにするとか、具体的に指示して貰えませんかね」

「後遺症は一切《いっさい》残らないように。あたしの正直な気持を言うと、心だけぶちのめしてくれればいいわ」

「心だけね」

「女というのは残酷だ、といま考えてるんじゃなくて？」

「大変でしょうね」

「なにが？」

「あなたと、付き合わなきゃならない男」

村田明子は、ちょっと肩を竦めた。それからハンドバッグを開き、封筒を出した。きっちり十枚、封筒の中から抜き取ってから、私に差し出してくる。

十万円損をした、という気分に私はなった。

3

軽い夕食をとり、私は中目黒《なかめぐろ》のジムに出かけていった。

大谷のベンツは、ジムのそばの路上にうずくまっている。私は、ジムの窓から中を覗きこんだ。大谷は、ミット打ちの最中だった。かなり速いパンチで、狙《ねら》いは正確だった。私は、かすかに顎《あご》を動かしながら、大谷のパンチのタイミングを測った。測りにくいパンチではなかった。むしろ、見切りやすいパンチだと思えた。

躰に覚えさせた。ワン・ツーだけで、トリプルは打っていない。単調なリズムを、躰に覚えさせるのは難しくなかった。

ビートルに戻ってからも、私は首を動かして、大谷のリズムを反復した。簡単にかわせそうなパンチだ。しかし、ジムで練習している時と人を殴る時では、パンチの重さが違うという感じもある。

大谷が出てきた。

私はベンツとの間に四台入れて、尾行《つけ》ていった。

新宿へむかっているようだ。そう思ったが、明治通りを真直《まっす》ぐに走り、新宿は通り越した。

車を入れたのは、大久保の小さなビルの駐車場だった。土地カンはあるらしい。都内で、こんな駐車スペースはたやすく捜せない。

私は、路肩に車を駐《と》めた。大谷は、歌舞伎町《かぶきちょう》の方にむかって歩きはじめている。私が追いかけるという恰好になった。

繁華街が近くても、このあたりは人が少ない。私は、早く決めてしまうことにした。追い越し、五、六メートル先へ行ってから、ふり返る。大谷も足を止めた。

「おまえ、知ってるぞ」

指さして、私は言った。

「なにか？」

大谷は口もとだけで笑っていた。

「うちの若い連中に、喧嘩を売ったろう」

「さあ。人違いじゃないのか」

「いや、おまえさ」

私は、大谷の方へ二歩近づいた。

「何日経《た》ったって、顔は忘れねえぞ。どういうつもりで、ぶん殴ったりしたんだよ？」

「憶《おぼ》えてないな」

毎晩人を殴っていたら、どれを言われているのかもわからないだろう、と私は思った。もう一歩、近づいた。それ以上近づけば、パンチが届く。

「どこかで会ったら、殴ってやろうと思ってたんだ」

「どうして、その場で殴らなかった？」

「若いのが、二人がかりで殴り倒された。見ないふりをしてやったのさ。体裁《ていさい》が悪いからな。だけど、おまえの顔は、よく憶えてる」

「そうかね」

「いい歳して、ガキを殴って面白いのか？」

「三十三だよ、俺はまだ」

「やくざだな」

「さあね」

大谷は、口もとだけで笑っていた。今夜は、獲物の方から現われてきた、と思っているのかもしれない。

「だけど、このあたりのやくざじゃないな。それは、よくわかる」

「あんたは、このあたりのやくざかね？」

「やくざなら、声なんかかけてねえよ。黙って、後ろからブロックででもぶん殴ってやったさ。このあたりのやくざを、俺は知ってるってだけでね。心配するな、あいつらの事務所に連れていったりはしねえよ」

大谷が一歩近づいてきたので、私は一歩退がった。

「俺は、ガキとは違うぞ」

「どんなふうに、違う。それを、見せてみろよ」

「男の喧嘩のやり方ってやつを、心得てるってことさ。ここは、人の眼があるな」

「いいよ、人のいないところへ行こうじゃないか」

路地へ入り、次の通りへ出て二、三分歩いたところに、ビニールシートを張りめぐらせた建築現場があった。やはり、土地カンはあるようだ。ビニールシートを潜《くぐ》ると、建築資材が積みあげられていた。そのむこうは、整地された場所である。かなり広く、土が剝《む》き出しになっていた。

「ひとつだけ、確認しておくよ。喧嘩を売ってきたのは、あんたの方だ」

大谷は、まだ口もとだけで笑っていた。周辺のビルの明りが建築現場にも届いていて、表情はなんとか見てとれた。

ウェルターの体重というところか。私とさほど変らない体型をしている。口もとにはたえず笑みが浮かんでいるが、眼は一度も笑わなかった。

「あんたの方が、喧嘩を売ったんだ」

大谷は、夜毎《よごと》やっている殴り合いより、もうちょっと徹底したバトルに臨む気でいるようだった。売られた喧嘩が、いままであまりなかったのだろう。

「俺は、大した理由もなく、うちの若いのを殴り倒したやつを、ちょっとばかりこらしめてやるだけさ」

「知らないな、それは。とにかく、あんたが売ってきた。それは間違いない」

「そのうち、売った買ったなんて、どうでもよくなるさ」

私は、足場を測った。整地された土は多少やわらかかったが、足を取られるほどではなかった。

ゴング代りに、私は足もとの土を蹴飛《けと》ばした。大谷は動揺もせず、ゆっくりとファイティングポーズをとった。

大谷の練習内容を考えると、スタミナはそれほどないはずだ。まず、走っていない。縄《なわ》跳《と》びもしていない。スパーリングもやっていない。スパーリングとミット打ちの体力消《しょう》耗《もう》の差は、意外なほど大きいのだ。

それでも、まったく運動をしていない人間とも違う。

私は、一歩踏み出した。その瞬間、大谷も踏み出していて、ワン・ツーを出してきた。スピードはあった。しかし、タイミングはわかっていた。軽くかわした。大谷の表情は動かない。まだ、革の手袋をしていなかった。様子を見ているだけだろう、と私は思った。

軽いジャブを出しながら、私は踏み出していった。

私も、ボクシング・ジムには通った。空手道場にも通った。プロテストを受ける前の練習生を相手に、三ラウンドのスパーリングぐらいはできる。

大谷は、パンチのかわし方はうまくなかった。スパーリングをやっていない人間の、特徴と言ってよかった。もしかすると、打たれたことさえないのかもしれない。

スピードのあるワン・ツーが、二度続けざまに来た。かわし、ジャブを出した。浅く、眼の下あたりに入った。大谷は表情を変えなかったが、フットワークは慌《あわただ》しくなった。ちょっとした私の動きにも、過敏に反応してくる。

全身から、汗が滲《にじ》み出してきた。大谷も、汗をふり撒《ま》きながら、続けざまにワン・ツーを出してくる。スピードはあるが、パンチ力があるとは思えなかった。ただ、私は一発でのされた男たちを、何人も見ている。

大谷が、退がった。片手を突き出す。手は開かれていて、制止する恰好になった。

「インターバルだな。ちょっとやめないか」

「ボクシングをやってんじゃねえ。喧嘩の最中だぜ」

「あんた、立派にボクシングをやってるよ」

言われてみれば、そうだった。蹴りあげるチャンスなどいくらでもあったのに、足を動かそうという気は起きなかったのだ。

「思わぬ強敵だね。お互い、なんの準備もしていなかった。汗にまみれて、気持が悪い」

「ジャンパーでも、脱ぐか」

私が言うと、大谷が頷いた。

私は大きく息をつき、両手を下げた。革ジャンパーを脱ぎ捨てる。大谷は、ブルゾンの下にグレーのシャツを着ていた。袖《そで》をまくりあげている。それから、ブルゾンのポケットから、黒い革の手袋を出した。

「いいかね、これをつけて。黒いから、見にくいかな」

「勝手につけろよ。うちの若いのをのした時も、おまえは黒い手袋をしてた」

呼吸の乱れを気どられないように喋《しゃべ》っているが、大谷の息は明らかにあがっていた。私の方が、スタミナは続きそうだ。

むき合った。第二ラウンドというやつだ。

これ以上、遊ぼうという気が私にはなかった。第三ラウンドなどやらず、早く帰ってシャワーを使おうと思った。

大谷が、ジャブを出してくる。それが、どこかでワン・ツーになる。私は、それを待っていた。ジャブ。右は来ない。また二度続けてジャブ。右は来ない。ジャブ。右。来ない。そう思った。次のジャブに備えようとした時、ボディにドスンと右がめりこんできた。

息が詰ったが、かろうじて私は耐えた。

私は、続けざまにパンチを出した。ジャブが返ってくる。二発目のジャブ。また右が来て、私の顎に入った。違う。タイミングが、明らかに違う。これまでのタイミングで打ってきていたら、私の躰は反射的にかわしていたはずだ。右は来ない。一秒の何十分の一かで、そう判断する。その時に、ドスンと来る。かわせないタイミングだった。

ワン・ツー。見えていたが、右は顔に食らった。ジャブのスピードは、前と変らない。右のストレート。それが、ほんのわずか遅れる。また、右を食らった。足がもつれていることに、私は気づいた。そんなことがあるのか。パンチも、やたらに重い。私は退がった。足を使った。ジャブもまったく届かない距離で、私はただ一方的に逃げまくっているだけだった。それをしばらく続け、ようやく躰が戻ってきた。戻ってきたと感じた時、私は自分の躰がどこかへ行ってしまったような感覚にとらわれていたことに、はじめて気づいた。

大谷は、落ち着いていた。じっと私に据えた眼は、まったく動こうとしない。私は圧倒されはじめていた。打ちこんでいっても、右はかわせそうにない。タイミングをほんのわずかずらすなどという高等技術が、そうたやすくできるのか。実戦で身につけた技だとでもいうのか。

このまま待てば、また右を食らうだろう。そろそろ、決めのパンチを打ってきそうな気がする。接近するしかない。そう思った時、私は踏み出していた。ワン・ツー。ジャブを受けながら、しゃがみこむようにして、私は大谷の腰に抱きついた。ふりほどこうとする大谷と、揉《も》み合う。離れ際、大谷の右をテンプルに食らった。ほとんど同時に、私のエルボーも、大谷の首筋に入っていた。

気づくと、四《よ》ツ這《ば》いになっていた。大谷も、腰を落としている。

「卑怯《ひきょう》だとは思わないのか」

喘《あえ》ぎながら、大谷が言う。私は、四ツ這いから動けずにいた。立ちあがろうとすれば、その前に倒れそうだ。

そのつもりがあって、首筋に肘《ひじ》を叩きこんだわけではなかった。躰が、自然にそう動いてしまったのだ。それでも、卑怯と言われると、私は恥で躰が熱くなった。

「明日だ」

なんとか立ちあがり、私は言った。

「もう一度、やる気はあるか？」

「ああ」

「夜、八時。ここで」

それだけ言い、私は歩きはじめた。吐き気がひどかったが、ビニールシートを潜って通りに出、五分ほど歩く間、私はそれに耐えていた。熱い恥の感覚が、私に耐えさせた。腹の中のものを噴《ふ》き出すように吐いたのは、車のそばに戻ってきてからだった。ひとしきり吐くと、次にはひどい頭痛だった。

這うようにして、車に乗りこんだ。躰は、まだ恥の感覚で熱かった。

4

ベッドに横たわっても、私は頭痛に悩まされ続けた。数えきれないほどの殴り合いをやったが、急所にまともに食らったのは久しぶりのことだ。それも、とんでもなく重いパンチを、テンプルに食らったのだ。

顎なら、まだよかった。首がのけぞることで、打撃を多少は殺せる。テンプルは、脳にまともにくるという感じだった。気分の悪さは、夜明けまで残っていた。

　朝になると、私はトレーニングウェアを着こみ、三十分ほどランニングとダッシュを続けた。それから、人のいない公園でシャドーボクシング。大谷が、眼の前に立っていた。なぜ、右を食らってしまうのか。シャドーを続けながら、少しずつわかってきた。ジャブとストレートのスピード。これが違う。右だけ、微妙に遅いパンチになる。大谷が打ってくる。ジャブは受ける。ストレートだけかわす。その練習をくり返した。眼の前に立った大谷は、しばしば卑怯者と私を罵《ののし》る。

　ジャブを受ける。ストレートをかわす。何度も、何度もくり返した。

　汗まみれになって、その場に座りこんだ。

　気分の悪さは、いつの間にか消えていた。

　部屋へ戻って、熱いシャワーを使う。ようやく、空腹も感じはじめた。

　近所の食堂でカレーライスを食ってくると、私はソファに寝そべった。電話が鳴っても、出なかった。

　いつの間にか、夕方になった。私は、手袋をひとつ出した。黒革で、ぴったりとしたやつだ。靴は、きのうと同じものにした。

　ビートルを転がして、大久保まで行った。歌舞伎町からも新大久保の駅からもはずれた場所なので、やはり人の姿は少なかった。

　八時まで、車の中にいた。それから二、三分歩き、建築現場のビニールシートを潜った。

大谷は、まだ来ていなかった。積みあげられた資材に腰を降ろし、煙草も喫《す》わずに私は大谷を待った。

七時四十五分にジムを出たとして、ここまで三十分以上はかかる。昨夜は、そのことも考えなかったことになる。

大谷がやってきたのは、八時半を回ってからだった。私を見つめ、かすかに頷いた。口もとには、相変らず笑みを浮かべている。

私は、革ジャンパーを脱ぎ、手袋をつけた。大谷もシャツの袖をまくりあげ、黒い手袋をしている。

「肘で、首を打つのは反則だぞ」

大谷が言う。私の全身は、また恥の感覚で熱くなった。

「三分やったら、一分間のインターバルだ。いいな？」

私は、黙って頷いた。大谷が、四分計を出した。三分で音を出し、また一分で音を出す。それをくり返すのだ。

すぐに、むかい合った。

ジャブを受けて、ストレートをかわす。それができるかどうか。私の方から踏みこみ、右のロングフックを出した。スウェーでかわされた。しばらく、ジャブを応酬《おうしゅう》する。大谷が踏みこんできた。ジャブ。顔で受けた。ストレート。よく見ていた。気づいた時は、かわしていた。大谷が、また同じパンチを出してきた。ジャブは軽く、弱々しい。ストレートはかわさせた。

大した相手ではない、と私は思った。右さえかわせば、踏みこむ隙《すき》はいくらでもある。また、大谷がワン・ツーを打ってきた。ジャブを受け、頭を下げて踏みこみながら、右をかわし、左右をボディに入れた。束《つか》の間《ま》、大谷の動きが止まった。離れ際に、顎にストレートを入れた。大谷は、呆気《あっけ》なく仰《あお》むけに倒れた。

大谷が立ちあがるのを、私は待った。カウント。五つぐらいか。立った大谷が、同じワン・ツーを打ってきた。かわして踏みこみ、左、右とフックを放った。レバーと顎に、まともに入った。

前に躰を折るようにして、大谷はしゃがみこんだ。立ちあがらなかった。

「ボクシングは、これで終りだ」

私は言った。それでも、大谷は動こうとしない。

「これからは、喧嘩だぜ。蹴るのもよし、眼を突くのもよしだ」

髪を摑《つか》んで、大谷の上体を引き起こした。大谷は私の腰に抱きついてこようとしたが、その前にパンチをもう一発叩きこんでいた。大谷は、仰むけに倒れた。

四分計が、音をたてた。ようやく三分が経過したところだ。

倒れた大谷の脇腹《わきばら》を、私は蹴りあげた。大谷は一瞬躰を縮めたが、大きく息を吐くと激しく胸板を上下させはじめた。右手から、ポロリとなにかがこぼれ落ちた。鈍い光を放つそれを、私は拾いあげた。かなりの重さがある。鉛《なまり》のようだ。握りこみやすいように、指のかたちのくぼみがあった。銀色の粘土《ねんど》を掌《て》の中で握ったという感じである。

「これか」

私は声に出して呟いた。パンチのタイミングが微妙にずれたのも、ヘビー級ではないかと思えるパンチの重さも、すべてこの鉛によるものだった。

「エルボーを使った俺を、卑怯なんてよく言えたもんだぜ」

私は、大谷の脇腹にゆっくりと体重を乗せた蹴りを入れた。大谷が、全身を痙攣《けいれん》させる。しばらくして、呻《うめ》きが洩《も》れてくる。四度、五度と続けると、その呻きも弱々しくなった。

私は、明らかに腹を立てていた。小石を握りこんだだけでも、パンチはずいぶんと重さが違ってくると言われる。まして、握りやすくした鉛である。素手のつもりが、鉄の棒で殴られたようなものだ。

私は、もう一発脇腹を蹴りつけた。背を反《そ》らし、大谷は口から吐瀉物《としゃぶつ》を噴き出した。声は出ない。

これは仕事だった、と私は吐瀉物の臭《にお》いを嗅《か》いではじめて思った。

煙草に火をつけた。一本喫い終える間に、私はようやく落ち着きを取り戻した。大谷は、気を失ったように動かない。

私は、軽く頬《ほお》を叩いた。開いた大谷の眼は、すぐに強く閉じた。躰のどこかに、苦痛があるようだ。私は大谷の顔の痣を確かめた。人相が変るほど腫《は》れあがってはいないが、殴られた痕《あと》は確かに残っている顔だ。

「殺せよ。俺を、生かしておくと、後悔するぜ」

呟くように、大谷が言った。

「安物の映画みてえな科白《せりふ》を吐くな」

私は、大谷のそばに腰を降ろした。もう少し痣をつけるとすればどこだろう、としばらく考えた。四十万円分の仕事は、まだしていないような気がしたのだ。

「なあ、殺してくれよ」

大谷が、また言った。投げやりだが、哀願するような響きがどこかにあった。

「俺は、殺されたくて、喧嘩をしてきた」

「どういうことだ？」

「俺が死ねば、女房は後悔するさ。いろいろとあってね。後悔するよ。七年も一緒に暮したんだ」

村田明子は、やはり女房なのだろう。かなり歳上の女房ということになる。

「支店を大阪に作ったんで、この一年ばかり、女房はほとんど大阪にいてね。輸入物の服を売る店さ」

私は、煙草をくわえた。大谷は、大の字に倒れたまま、呟くように喋《しやべ》っている。

「大阪で、支店のついでに男も作ったんだ」

それが大谷の妄想《もうそう》なのか事実なのか、私には読めなかった。どちらでもいい、という気もした。

「あんた、ボクシングやってたのか。俺は、この一年だよ。俺が誰かを殺すか、殺されるかだと思っていた。死ぬ方がいいな。俺は、自分が殺される方がいい」

「じゃ、自殺しろ。他人を、殺人犯にすることねえだろうが」

「死んだあとも、女房を悩ませたい。わかるか、俺の気持が？」

「わかるわけねえだろう」

大谷は、ビルの管理会社をやっていた。管理しているのは、親から貰った古い二棟のビルだけである。それ以上のことを、私は調べていなかった。

「殺せよ、おい。さっきは、殺しそうな勢いだったじゃないか」

「ほんとに死にてえのかよ？」

「ああ」

「じゃ、殺してやろうか」

私は煙草を消して、立ちあがった。

大谷の脇腹のあたりを、軽く蹴りあげる。間を置きながら、何度もそれをくり返した。

大谷の表情が、苦しげなものになった。

「待てよ。そんな蹴り方で、人が殺せるのかよ」

「殺せる。腹の中に出血して、のたうちまわりながら死ぬ。二日や三日はかかるが」

「あっさり、殺せよ」

「ごめんだね」

私は、大谷の脇腹を蹴り続けた。すでに効《き》きはじめている。そしていつまでも続けると、やがて臓器に出血して、ほんとうに死ぬ。

「待てよ」

死ぬまでに、相当苦しまなければならない。なにしろ、意識だけはしっかりしているのだ。

「死ねるって。こうやってりゃ、三日目ぐらいには、死んじまうって」

「待ってくれ」

かなり苦しくなってきているはずだった。痛みではないという。内臓がかき回されるような、どうにもならない感じが募《つの》っていくだけなのだ。私には、やられた経験はなかった。やられたことがあるやくざ者に、聞かされただけだ。

「やめてくれ」

「殺せって言ったのは、おまえだろうが」

「苦しいよ。頼む、やめてくれ」

私は、もうなにも言わず、ただ軽く蹴り続けた。大谷が、悲鳴をあげ、起きあがろうとした。しかし、躰は動かない。一度持ちあがった首が、また土の上に落ちただけだ。

「助けてくれ」

泣き声になっていた。それも、弱々しい声だ。私は蹴り続けた。自分を蹴っているような気分になってきた。

殺さない程度にね。村田明子は、そう言っていた。

私は、蹴るのをやめた。それでも大谷は、低く呻き続け、やがてそれが泣き声に変った。

私が煙草を二本喫う間、大谷は啜《すす》り泣きを続けていた。

今夜は、部屋に令子が来ているのだろうか、と私はふと思った。帰りたいという気分は、起きてこない。

「死ぬのか。俺は、このまま死ぬのか？」

「死ぬかよ、馬鹿《ばか》。人間の躰が、これぐらいで死ぬわけはねえだろう」

大谷が、何度も深く息をしている。

村田明子に報告するのは、明日ということになっている。

貰わなかった十万円のことを、私はなんとなく思い浮かべた。

解説

佐竹裕

『遥かな海亀の島』（講談社）やノンフィクション『雪豹』（めるくまーる）などで知られるアメリカのナチュラリスト作家ピーター・マシーセンの短編集 *On the River Styx*（一九八九年）のなかに、忘れがたい作品がある。

ニューイングランドの田舎町を車で通りがかった夫婦が、道路脇に蹲《うずくま》る大きな亀を見つける。この夫婦は、子供をつくるかつくらないかが原因で口論が絶えず、関係はかなり悪化していた。夫は、罪もない生き物を憐れんで制止する妻を押し切り、彼女への腹いせから大亀を持ち帰るのだが、結局は酒に酔ったあげくに銃で大亀を撃ってしまうのだ。しかも、臆病さから完全に息の根を止めることもできず、使用人に鉈で大亀のとどめをさしてもらうことになる。

それだけである。いささか暴力的ながら暗喩に富んだこの物語は、マシーセンの非情なまでに簡潔な文体によって、きわめて緊迫感に充ちたムードを醸し出しており、自分たちの夫婦関係を大亀の運命と重ねて見つめるヒロインの心情を、読み手の心に鮮烈に印象づける。短編小説という規制のなかに、さまざまな作者の想いを詰め込んだ名編なのである。

はじめて北方謙三の短編小説を読んだときに、真っ先に思い起こしたのが、このマシーセンの「季節はずれ」(『ミステリマガジン』九〇年十一月号掲載)という小品だった。

ぼくの場合、北方作品との出会いは、ご多分にもれず、八三年に発表されたハードボイルド長編の代表作『檻』(集英社文庫)だった。元ヤクザのスーパー経営者が店の買収工作をめぐるもめごとをきっかけに自分の内なる野性を甦らせていくという、その圧倒的なグルーヴを持った作品世界に打ちのめされ、慌ててデビュー長編『弔鐘はるかなり』(集英社文庫)を手にとったという次第だ。そのデビュー作からして、すでにクールかつ叙情に溢れたハードボイルド世界を確立していたこの作家が、『逃がれの街』(八二年、集英社文庫)、第四回吉川英治文学新人賞受賞作となる『眠りなき夜』(同)、『さらば、荒野』(八三年、角川文庫)、そして『檻』と、次々に傑作長編を発表していった経緯を後追いしていくと、どうしたって長編作家のイメージが拭えなかったのも致し方ないではないか。

それが、マシーセンの名編を読んだときと同様の衝撃を、北方謙三の作品――しかも短編作品に受けてしまったのである。

その北方作品というのが、九〇年発表の『棒の哀しみ』(新潮文庫)だった。つねにはぐれ者の気分を拭えないまま成り上がっていくやくざ者を主人公にした連作短編集で、そこに収められた「鳩」や「水の格子」といった、全編を通してみると明らかに異彩を放っている数編が、「季節はずれ」が包含する緊迫感と静謐さとを想起させたのだ。しかも、マシーセンの描いた〝大亀〟と同様に、鳩や金魚や砂時計といった小道具をある象徴として巧みに用い、冷徹なまでの視線でそれを追うことで、主人公の心情をつぶさに描出してみせる、そのみごとさ。

短編小説において、こうした緊迫感とシンボリズムというのはかなりの重要性をしめると、ぼくは考えている。長編に比して規制の多い小空間で、きっちりと主題を伝えるべく表現を凝縮させていけば、自ずと緊迫感が生じるというのが理屈だろうが、それは、なかなかに困難なことだ。期せずして評論家・岡庭昇氏も、『棒の哀しみ』の解説文で、アーネスト・ヘミングウェイの短編「殺人者」を引き合いに出して、北方の短編小説における削ぎとったような緊密さに言及しているが、たしかに、『棒の哀しみ』の各編は、英米の手だれの作家たちに比肩しうる緊迫感を持っているように思える。

北方謙三が、『弔鐘はるかなり』での長編デビュー以前に、「明るい街へ」や「街の底」（どちらも初出は『新潮』）といった純文学的要素の強い中短編をすでに発表していたと知ったのは、後日のことで、これらの諸作は、九六年にまとめられた初期短編集『明るい街へ』（集英社文庫）で、ようやく読むことができた。現在の北方作品に通ずるソリッドな文体の片鱗はここにもうかがえるのだが、いかにも純文学的表現に充ちていて、わずかながら饒舌に思えるのは否めないだろう。それが、その後、ふた月に一作という極端なハイペースですぐれた長編小説を数多く書きこなすにしたがって、短編においてもその文体の緊密なムードはいや増していった気がする。

長編作家にとって、すぐれた短編を書くというのは生半可なことではないという。ましてや、次々と長編を発表する一方で、贅肉を削ぎ落とした緊密な文体で短編という小空間を埋め尽くすこと――それを成し得ている作家というのは、わが国ではごく稀なのではないだろうか。

*

さて、前置きが長くなってしまったが、本書『皸・別れの稼業』は、そんな北方謙三の、けっして多いとは言えない短編集のひとつであり、探偵・浅生を主人公として、先に発表されている『罅・街の詩』(集英社文庫)と対を成すハードボイルド連作短編集である。

主人公の浅生は三十二歳の元商社マンで、現在は探偵稼業に手を染めている。妻はいないが、会社員時代からの付き合いで、三日に一度は部屋にやってきて冷蔵庫に食品を補充して、ときには勝手に泊まっていく、令子という恋人とも言いがたい存在がいる。彼女に言わせると、浅生は探偵業を営むことにより肉体で〝街に詩を書いている〟。仕事のほとんどは素行調査だが、ときにはガチンコ勝負で身体を張ることもある。依頼人に危険手当を請求するために、調査の途中で故意に殴られたりもするかと思うと、まるで自らを傷つけようとするかのように、一文の得にもならない闘いを挑むこともある。あたかも、自身の内に充たされないものを抱えているように。

思えば、北方謙三の書く小説の登場人物たちは、つねに何か〃充たされないもの〃を追い求めていて、その飢餓感の充足が彼らの行動規範となってきたようにも思える。

家族を捨てて船上生活を続けようとする男（「フローティング」）、十九歳の愛人の素行調査を依頼する七十二歳の老紳士（「車一台分の仕事」）、昔の男を探らせるスター女優（「芝居の女」）、やくざ者としての権威を取り戻そうと一芝居うつ老人（「道草」）、夜の街で喧嘩を売っては相手を半殺しにする中年男（「殺さない程度」）等々――本書の各編に登場する人物たちも、それぞれの心に抱えこんだ問題に縛られ、どこか充たされず、その飢餓感を何とか克服しようともがいている。

そうした主題が如実に現れているのが、じつは、前作『罅・街の詩』に収録されていた「約束」だろう。この連作短編集二冊を通じて、とりわけ印象的な一編である。ここでは、一人の老人が憑かれたように毎日歩き続けている。老人の身内の依頼で尾行する浅生にも、まったく目的が解明できず、老人を駆り立てた〃約束〃の正体は物語の最後に至っても明かされないままなのだ。だが、このエピソードの主題を伝えるうえで、そんなことは必要ない。老人が〃自分との約束〃を守ろうとして果たせなかった時点で、探偵は彼に新たな〃約束〃という目的を与えることによって飢餓感を埋めてやろうとする。しかも、主題に不要なものはすっかり削ぎ落とされているのだ。これは、まさに贅肉のない緊密な小説ではないか。

＊

九〇年代に入って、『ポップ1280』（扶桑社）で知られ四〇～五〇年代に活躍したパルプ作家ジム・トンプスンの再評価や、映画化されて話題を呼んだ『L・A・コンフィデンシャル』（文春文庫）のジェイムズ・エルロイの成功を契機として、〝ノワール〟と呼ばれるジャンルが注目されだした。

パルプ雑誌のザラ紙に書きなぐったかのような暴力性、さまざまなトラウマから生じて捌《は》け口を求め続ける内なる狂気——そんな精神の暗黒を掘り下げて描くこの犯罪小説のジャンルが支持され、日本でも、馳星周の『不夜城』（角川文庫）のような傑作が生まれた。

しかしながら、北方謙三は、デビュー作『弔鐘はるかなり』にして、すでに今日のノワール作品を凌駕する暴力性を描いており、第五回日本文芸大賞を受賞した『明日なき街角』（八五年、新潮文庫）では、一青年の精神の暗黒を、まさにパルプ・ノワールと呼んでもいい、その無駄のない緊迫感に富んだ文体で描ききってみせている。つまりは、時代を一歩も二歩も先んじていたのである。

北方作品が現代のノワールと一線を画しているとしたら、登場人物たちが、自らを守るために、その狂気と臆病さから犯罪や暴力に駆り立てられるのではなく、あくまでも、充たされない何かを求めるがために、喪失さえも恐れずに犯罪や暴力に走るということに、大きな相違があるのだろう。

そう考えていくと、本書の主人公である探偵・浅生というキャラクターにも納得がいく。損得ではなく自身を守るためだけでもなく、恐れることなく、切実な飢餓感がゆえに突き動かされるように暴力へと身を投じる——そこには、レイモンド・チャンドラーが描いた〝卑しい街を行く孤高の騎士〟フィリップ・マーロウが抱いたのと同様の感傷が垣間見えるのである。

そう、探偵・浅生が〝街に詩を書く〟前作『罅・街の詩』と本書『鞁・別れの稼業』の二冊は、昨今流行している現代ノワール作品に匹敵するほどの暴力性を内包し、すぐれた短編小説に必須の緊迫感を欠かさぬままに、なおかつ充たされない何かを求める感傷を描ききった、北方文学のひとつの到達点でもあるのだ。

集英社文庫　目録（日本文学）

川上健一　珍プレー殺人事件
川上健一　宇宙のウィンブルドン
川上健一　女神がくれた八秒
川上健一　このゴルファーたち
川上健一　フォアー！
川上健一　雨鱒の川
川西政明　渡辺淳一の世界
川西蘭　パイレーツによろしく
川西蘭　どかどかうるさいＲＲＣ
川西蘭　ラヴ・ソングが聴こえる部屋
川西蘭　ルームメイト
川西蘭　ルルの館
川西蘭　港が見える丘
川西蘭　サーカス・ドリーム
川西蘭　林檎の樹の下で
川西蘭　バリエーション

川西蘭　ひかる汗
川端康成　伊豆の踊子
川村湊・他選　ソウル・ソウル・ソウル
菊地秀行　柳生刑部秘剣行
岸田秀・町沢静夫　自分のこころをどう探るか 自己分析と他者分析
北杜夫　船乗りクプクプの冒険
北杜夫　マンボウぱじゃま対談
北杜夫　人工の星
北杜夫　マブゼ共和国建国由来記
北方謙三　逃がれの街
北方謙三　弔鐘はるかなり
北方謙三　第二誕生日
北方謙三　眠りなき夜
北方謙三　俺たちと唄おう！
北方謙三　逢うには、遠すぎる
北方謙三　檻

北方謙三　あれは幻の旗だったのか
北方謙三　夜よおまえは
北方謙三　渇きの街
北方謙三　ふるえる爪
北方謙三　牙
北方謙三　夜が傷つけた
北方謙三　危険な夏—挑戦Ⅰ
北方謙三　冬の狼—挑戦Ⅱ
北方謙三　風の聖衣—挑戦Ⅲ
北方謙三　風群の荒野—挑戦Ⅳ
北方謙三　いつか友よ—挑戦Ⅴ
北方謙三　愚者の街
北方謙三　愛しき女たちへ
北方謙三　傷痕 老犬シリーズⅠ
北方謙三　風葬 老犬シリーズⅡ
北方謙三　望郷 老犬シリーズⅢ

集英社文庫　目録（日本文学）

集英社文庫　目録（日本文学）

邦光史郎　社外極秘
邦光史郎　深海魚族
邦光史郎　近江商人
邦光史郎　欲望の分け前
邦光史郎　歴史を推理する
邦光史郎　古代史を推理する
邦光史郎　まぼろしの女王卑弥呼(上)(下)
邦光史郎　小説 トヨタ王国(上)(下)
邦光史郎　中世を推理する
邦光史郎　やってみなはれ —芳醇な樽—
邦光史郎　幻の出雲神話殺人事件
邦光史郎　虹を創る男(上)(下)
邦光史郎　邪馬台国を推理する
邦光史郎　日日これ夢 小説 小林一三
邦光史郎　坂本龍馬
邦光史郎　世界を駆ける男(上)(下)
邦光史郎　利休と秀吉
国谷誠朗　孤独よ、さようなら —母親離れの心理学
熊井明子　私の猫がいない日々
熊谷達也　ウエンカムイの爪
栗本　薫　シルクロードのシ
黒井千次　使うべき日
黒井千次　走る家族
黒井千次　時の鎖
黒岩重吾　幻への疾走
黒岩重吾　夕陽ホテル
黒岩重吾　紅ある流星
黒岩重吾　飢えた渦
黒岩重吾　影に棲む蛇
黒岩重吾　どかんたれ人生
黒岩重吾　夜の挨拶
黒岩重吾　闇の肌
黒岩重吾　闇の航跡
黒岩重吾　翳りある座席
黒岩重吾　太陽の素顔
黒岩重吾　茜雲の渦
黒岩重吾　深海パーティ
黒岩重吾　終着駅の女
黒岩重吾　女の太陽(I)茜色の章
黒岩重吾　女の太陽(II)孤翳の章
黒岩重吾　女の太陽(III)花愁の章
黒岩重吾　闇を走れ
黒岩重吾　黒い夕陽
黒岩重吾　夜の聖書
黒岩重吾　さらば星座 第一部(上)
黒岩重吾　さらば星座 第一部(中)
黒岩重吾　さらば星座 第一部(下)
黒岩重吾　さらば星座 第二部①

集英社文庫　目録（日本文学）

黒岩重吾　さらば星座 第二部②
黒岩重吾　さらば星座 第二部③
黒岩重吾　さらば星座 第三部①
黒岩重吾　さらば星座 第三部②
黒岩重吾　さらば星座 第三部③
黒岩重吾　砂漠の太陽
黒岩重吾　夜の湖
黒岩重吾　雲の鎖
黒岩重吾　さらば星座 第四部(上)
黒岩重吾　さらば星座 第四部(下)
黒岩重吾　さらば星座 第五部(上)
黒岩重吾　さらば星座 第五部(下)
黒岩重吾　女の氷河(上・下)
黒岩重吾　新編 とうがらしの夢
桑田佳祐　ケースケランド
桑原一世　クロス・ロード

桑原譲太郎　ボクの女に手を出すな
桑原譲太郎　小娘のミッドナイト
軍司貞則　落ちこぼれの甲子園
軍司貞則　「日本株式会社」を育てた男
軍司貞則　もうひとつの野球
軒上泊　べっぴんの町
軒上泊　ディセンバー13
軒上泊　また ふたたびの冬
軒上泊　ウェルター／サード
軒上泊　ハーバーライト
軒上泊　手錠のパレード
軒上泊　君こそ心ときめく
見城美枝子　女の日曜日
見城美枝子　男と女の風景
見城美枝子　女のティータイム
見城美枝子　見知らぬ国のタピリオン

源氏鶏太　堂々たる人生
源氏鶏太　若い仲間
源氏鶏太　優雅な欲望
源氏鶏太　爽やかな若者
源氏鶏太　私にはかまわないで
源氏鶏太　万事お金
源氏鶏太　天上天下
源氏鶏太　二十歳の設計
源氏鶏太　銀座立志伝
源氏鶏太　喜びと悲しみがいっぱい
源氏鶏太　青年時代
源氏鶏太　明日は日曜日
源氏鶏太　結婚の条件
源氏鶏太　愛の重荷
源氏鶏太　東京物語
源氏鶏太　わが町の物語

集英社文庫　目録（日本文学）

源氏鶏太　他人の女房
源氏鶏太　地上七階
源氏鶏太　英語屋さん
源氏鶏太　隅にもおける奴
源氏鶏太　鏡の中の真珠(上)
源氏鶏太　鏡の中の真珠(下)
源氏鶏太　永遠の眠りに眠らしめよ
源氏鶏太　人生感あり(上)
源氏鶏太　人生感あり(下)
源氏鶏太　艶めいた遺産
小嵐九八郎　鈍川家の四兄弟
小嵐九八郎　復讐の海流
小嵐九八郎　剣歌　鈍川家の四兄弟③
小嵐九八郎　疾風　鈍川家の四兄弟④
小池真理子　恋人と逢わない夜に
小池真理子　いとしき男《アダム》たちよ

小池真理子　あなたから逃れられない
小池真理子　悪女と呼ばれた女たち
小池真理子　蠍《さそり》のいる森
小池真理子　双面の天使
小池真理子　死者はまどろむ
小池真理子　無伴奏
小池真理子　妻の女友達
小池真理子　ナルキッソスの鏡
小池真理子　倒錯の庭
小池真理子　危険な食卓
小池真理子　怪しい隣人
小池真理子／藤田宜永　夫婦公論
小池真理子　律子慕情
小泉喜美子　弁護側の証人
小泉喜美子　ダイナマイト円舞曲
神津カンナ　親離れするとき読む本

神津カンナ　会えてうれしい　花いちもんめ
神津カンナ　見えないおしゃべり
神津カンナ　カンナの同級生気分
神津カンナ　男と女の交差点
神津カンナ　美人女優
神津カンナ　通りの向こう側
神津カンナ　恋人論
河野典生　デンパサールの怪鳥
河野典生　いつかギラギラする日
河野典生　明日こそ鳥は羽ばたく
河野典生　悪漢図鑑
河野典生　さらば、わが暗黒の日々
河野美代子　新版　さらば、悲しみの性　高校生の性を考える
河野美代子／永田由紀子　初めてのSEX　あなたの愛を伝えるために
小坂井澄　モルガンお雪
小坂井澄　お告げのマリア　長崎・女部屋の修道女たち

集英社文庫　目録（日本文学）

小坂井澄　これはあなたの母
小島直記　エンジン一代 山岡孫吉伝
小島直記　一期の夢
小島直記　野村王国を築いた男
小島直記　ビジネスマン先人訓
五條瑛　プラチナ・ビーズ
御所見直好　誰も知らない鎌倉路
小杉健治　絆
小杉健治　二重裁判
小杉健治　汚名
小杉健治　裁かれる判事
小杉健治　夏井冬子の先端犯罪
小杉健治　最終鑑定
小杉健治　検察者
小杉健治　殺意の川
小杉健治　宿敵

小杉健治　特許裁判
小杉健治　不遜な被疑者たち
小杉健治　それぞれの断崖
こすぎじゅんいち　魔女伝説・中島みゆき
後藤明生　挾み撃ち
後藤明生　笑い地獄
後藤明生　ある戦いの記録
後藤明生　めぐり逢い
小林カツ代　アバウト英語で世界まるかじり
小林久三　闇《やみ》刑事《デカ》
小林久三　悪魔の壁画
小林久三　蒼ざめた祖国
小林恭二　悪夢氏の事件簿
小林信彦　地獄の読書録
小林信彦　地獄の観光船
小林信彦　地獄の映画館

小林光恵　気分よく病院へ行こう
小林光恵　12人の不安な患者たち
小林光恵　ときどき、陰性感情 看護学生 理実の青春
小檜山博　光る女
小檜山博　地の音
駒田信二　私の小説教室
小松左京　骨
小松左京　サテライト・オペレーション
小松左京　夜の声
小松左京　一生に一度の月
小松左京　まぼろしの二十一世紀
小松左京　猫の首
小松左京　一宇宙人のみた太平洋戦争
小松左京　コップ一杯の戦争
小松左京　遷都（せんと）
小松左京　ある生き物の記録

集英社文庫

鞁《ひび》・別《わか》れの稼業《かぎょう》

2001年10月25日　第1刷

定価はカバーに表示してあります。

著　者　北《きた》　方《かた》　謙《けん》　三《ぞう》

発行者　谷　山　尚　義

発行所　株式会社　集　英　社
東京都千代田区一ツ橋2—5—10
〒101-8050
電話　03（3230）6095（編集）
　　　03（3230）6393（販売）
　　　03（3230）6080（制作）

印　刷　株式会社　廣済堂

製　本　株式会社　廣済堂

ISBN4-08-747368-6 C0193